應享人間不盡情

黃子程 著

目錄

序

陳文鴻

朋友，聚散無期。知心者，不過二三子，一生難得。紅塵來去，事業生活各有際遇。走在一起的機會不多，更何況能一起成長，一起老去，當是相約於前世。

猶記得當年，每逢週末敘於明愛，天涼之時，在正街大排檔夜宵。歲月匆匆，兩家兒女長大，在英倫驅車數百里送小津上學。同在理工大學任職，多少黃昏時間消磨在杯酒咖啡之間。

「夜來幾陣西風，匆匆偷換人間世，淒涼不為，秦官漢殿，被伊吹碎。只恨人生，些些往事，也成流水。」正是這些些往事，令人緬懷不了。也正是這些些往事，人生聚散都見諸子程兄筆下，與眾分享，成年華歲月的點點紀錄，歷久仍如見諸當面。

文鴻，八月十五月於香港

自序幾句

黃子程

有朋友創立了一間出版社，初見成績，所出版的書，俱有一定水平。我見他年青有為，不時鼓勵他力爭上游、不斷求進。

一天他竟然給我送來一大堆影印文稿，他說是從報章中的副刊影印出來的。一看，全是我個人從年輕到中年的專欄文章，一疊一疊的看起來比我的個子高出一個頭來！

唉！大半生爬格子，竟爬出一個這樣的「結局」來。也因為曾經任職博益出版社，同行的朋友也為我出過了幾本小書：如皇冠的《給年輕人的信》和《黃子程的生活思考》，天地為我出版了《媒介變色龍》，明窗的朋友為我出版《最傻是誰及其他》，次文化堂出版了《小津的信》和《通識文集》。今日有這幾本書伴我，也使我的孤獨感不至於太厲害吧。

後期轉至大學教書，專欄少寫了，倒是在《星島日報》寫篇幅較長的文學評論與欣賞。

今日朋友叫我選一些專欄散文出一本「再見專欄」的書，並為我題名為「應享人間不盡情」，我為之失笑，也好，告別專欄，因為從中我已享得人間百般情味。生活情味已嘗得七七八八了，來一個撮要和

簡化，說一聲珍重，留一個記念！

那年頭，電台老友記張文新贈我名號：「專欄老怪」！是取笑我寫專欄既長且久又多，「小張英」時時一語中的，給他一說，無從辯解，任其魚肉矣！一笑。

這本書，是「專欄老怪」舊作「隨機抽出」的文章，並無揀選過程，由編者在某一年中抽取出來（年份該在二〇一〇年吧？）

從書名看，讀者可知我是一個講情的人，人情、親情、友情、師生情、愛情，我是珍之重之，而且我得享其中，並能延年益壽。

這可能是我最後的一本書，所以我得趁機在此，衷心感謝我的一生，得益下列的師友：林悅恆、戴天、胡菊人、李天命、陳文鴻、陳任、劉創楚、古蒼梧、吳振邦，他們的關懷愛護，使我一生多姿多采！

人生簡約

總會在某些場合上遇上一些舊友，通常他們是朋友的朋友，宴會時，大家都說：好久不見啊。

朋友如是四處流走，從這邊流，流到另一邊，然後不知何時，忽然又回流來，又儼如一個一個的圓圈。

自己也是念舊的人，但卻不是個積極的分子——念舊往往只存於一念，某些時候，好想好想，然後生活一忙，也又不想了。

近幾年，舊的事物，也愈見忘卻，偶然有人提及舊事，我竟感覺陌生，似乎我的過去，並無發生此事，可見記憶已隨一個人對過往的不珍惜而淡出了。

從前我有過的幾個生活圈子，圈子中的幾個很好的朋友，過去常在想念中，現在的我，顯然變得絕情起來，圈子中還有熱心的人物，重新安排見面，可是我卻無心一見，在可有可無之間，相等於謝絕了這重溫往昔的機會。

也許，生活模式已定，還是努力把身邊未竟的事趁機做好，舊的何必重提？反正舊的已不可能翻新，再一念再念下去，實在不必。

原諒我念舊之情已死，某些圈子中的老友忽然離逝，他們對我的決絕重重打擊了我的念舊之情，也常常叫我傷痛，我的謝絕是因為他們對我的謝絕，人生簡約，已是我今天生活的最後一條指引了。

2010-05-05

廣告時段

打開一份報紙，內容與廣告，涇渭分明，但兩者關係，卻唇齒相依。有好的內容，才能引來廣告；有了廣告，炮製內容的同事方有糧草。過去曾效力於文字傳媒及電子傳媒機構，對於廣告部門（營業部）和編輯部門（編寫部）的矛盾，體會頗深。廣告部同事埋怨報刊或電視劇集內容平凡，難以賣錢；編輯部同事則常憤怒廣告部干預編輯自主，經常要求編寫特定內容以逢迎客戶硬銷需求。

那年頭，如果一份報紙的頭版全刊登了廣告，我們做傳媒的會說：招牌也賣了，面子也賣了。還有更賣得遮遮掩掩的，就是扮作內容、實則廣告的文稿了。這類廣告，以訪問或特寫的副刊形式，刊於報章雜誌內頁，扮成副刊內容，讓讀者在不為意下誤以為是報刊的副刊文稿，不知其實是廣告客戶特別要求訂做的宣傳廣告。但有良心的報刊會在這類版面上植了廣告兩個小字，排在不顯眼的地方，以示有聲明有交代云云。

目前的香港媒體，常見有人不用付廣告費，卻可以取得某些時段或篇幅，獲得宣傳效益。最明顯的就是一些新上畫的電影，由該影片的導演、明星走馬上鏡或登上報紙娛樂版，這是最高明的免費廣告。想賣廣告有必要想一想：怎樣不必花錢卻漂亮地達到宣傳目的？

2010-05-07

免費的軟銷

在我們工作的刊物出版時，老闆經常提醒他的下屬，我的左手是營業員，是廣告部，右手就是編輯，是雜誌的內容質素，請你們多多合作。那年代，我雖是主編，但卻很尊重賣廣告的同事，我視廣告是雜誌內容的挑戰——只有受讀者歡迎，雜誌才有銷路，雜誌有銷路，我們做編輯的，才有糧草。

現在聽人說，我們做編輯的，什麼也不應管，就只管內容的質素；縱使讀者看不明的內容，我也不會改變編輯方針去逢迎他們，例如將內容的水準降低來遷就讀者。

會有這樣的矛盾嗎？我看未必。

通俗的雜誌自然是編通俗的內容，所收的廣告也是通俗的廣告，而高級知識分子的雜誌，所編寫的內容也相應是一些高級或至少貌似高深扮高級的內容，廣告跟雜誌的內容，往往互相適應，不可能有一方走上另一極端去。是以什麼降低內容或提升內容，根本上沒有矛盾。傳媒經常有變相的廣告宣傳，但都是軟銷（Soft Sell）一類。雜誌上的一個訪問，表面上是專題訪問、人物專訪、熱門話題訪問，但究其實，可能目的在於「谷人氣」，配合某些商品而做，本質就是廣告宣傳。電台上也常充斥着這類節目，只是一些不獲青睞的得不到邀請的人，付款買時段，明刀明槍以廣告出之而已。

2010-05-09

生活的後備

當生活乏味的時候，我就打開了書本。那天，當我打開書本的時候，我看見有人這樣寫：當我闔上了書本，我就打開生活。

對我，讀書是生活的後備，但這個後備太重要了。我想過無數次：如果沒有書，在我生活活得毫無意義、毫無趣味的時候，誰來慰藉我呢？生活中的人，根本無法明白我，這一刻，書的功能來了，書是藥，是我生活病了時醫治的良劑。

生活總是推你向前，而且會漸漸盲目起來，走得多了，發覺變化演成重複，名為變化，實為重複，一下子，人會厭倦一切，廢然而退，這時候，誰來給我一本書？叫我靜靜地躲在一角，一邊讀，一邊想，知道生活的荒謬，我可上溯到心靈上原來的自己；書，讓我反思今天一己盲目的行為，他人的生活對照了自己近況的生活：別人的生活，有着怎樣的深層幽思，而自己的，竟何以一墮至此？讀書，觀照個人的醜陋與淺薄。只有書，載有可觸及的高貴心靈，讓我崇敬，書中的世界，正是我個人現實世界所無法遇上的，我知道，只有他們，才是我可以尋找得到的一些心靈肯定的人，使我有着一點點信念。

每次打開書本，似是將墮跌了的我扶回起來，深夜閱讀，帶我進入另一個人生，我不認為我在逃避，我只覺得我獲得精神的洗滌。

2010-05-11

維榮的妻子

《維榮的妻子》，近期在香港公映的日本電影，此影片還有副題：《櫻桃與蒲公英》；據說此題有寓意：櫻桃甜美脆弱，喻討人鍾愛的片中男人大谷，蒲公英則代表兀立於風雷逆境中，美麗、溫柔、堅忍的妻子佐知。

也許因為男的「脆弱」，但在妻子心中，丈夫脆弱得甜美吧，縱使男的無行，她還不願離開他，電影最後他們倆吃着櫻桃，甜美地作結。電影故事很簡單，男的是作家，生活無行，縱情酒色，迷戀死亡，是一個內心異常複雜矛盾的男人，妻子則善良、溫婉、寬容、高貴，由松隆子飾演，演出自然樸實。她見丈夫如此，感傷之餘，卻能在逆境中找尋出路，並且最後原諒男人的無行。

看這類情節如此淡淡的電影，實在沒有什麼需要解讀，只餘下一個可資聯想的話題：男人無行，妻子將如何？故事人人不同。每一個人對這個問題的解答，將形成每一個不同的劇本，女人是蒲公英，不過是這篇小說或這電影導演的一個看法，也許，像這樣的蒲公英式女人，才讓藝術家願意歌頌她吧？

男人無行大抵一樣，女人對此的面對真的各有不同：自殺或自暴自棄？或者勇敢地立刻自強？以至劃清界線，用來激勵鬥志或者進行報復？善良與寬容的女人如維榮的妻子，畢竟只能無奈。

2010-05-13

男性當自強

機會似乎並非人人平等。一旦踏步紅塵，人注定到處看見各種各樣的不平等，因此近日閱報，據平等機會委員會主席林煥光說，香港進入服務型經濟，對女性愈來愈有利。機會，女性較多，男性，主要從事搬貨職務。他又說，有意委託機構調查及研究男性的經濟定型及角色定型問題。男人已是「失樂園」，至少有三失：失收入、失地位、失家庭，研究男性角色，意味着社會考慮是否要給予男性某種支援。每年開學，大學新生群中，人文學科中佔了大多數都是女學生，我們已經知道，何止女性出頭?未來的日子，女性治理香港，這還會遠嗎?

女性壓倒男性，是往後的風尚，這才是平等機會，昔日男性高女性一等，今日女性高男性一等，風水輪流轉，這就是平等機會，研究今日香港男性之苦，我看這大可不必了。平等機會正正就是這樣自行調節，在我看來，女性已自強，平等機會委員會大概可以宣傳一個這樣的口號：男性當自強！你說今日男性很苦？

工作不如意，失其收入；家庭欠和諧，失家庭之樂（兒女不愛爸爸，妻子不尊重丈夫）；社會上不受重視，失其地位……如此三失，都不是男性自招來耶？

男人獨尊自大的時代已逝，還不醒來，他所失的，將豈止以上三失？

2010-05-15

匿名者

自問做講師，也算是一個開放的講師，同學有求，教者必應，很少拒人於千里之外。

也因此，學期甫開始，必有授課大綱派發，若在上面綴上電郵地址及手機號碼，聲言學子遇有學問上的困難，偶爾傳來短訊，亦會歡迎。自此，便有一些學子與我用短訊交流，相處甚為愉快。

當然，也偶爾會有叫人心情不好的短訊。

像昨夜，講完課乘車回家途中，收到學生短訊一則，說今夜的課，叫他憶及過去已有十年未曾接觸當代文學，連同十年前的朋友也沒交往，而自己，對此卻一點思念也沒有。

是奇怪的短訊，想說什麼呢?想告訴我:過去的已然過去，怪我今夜重提十年

前他認識的文學嗎？想告訴我，他的文學夢已消逝得乾乾淨淨，不會有思念的漣漪

我打了短訊問：請先報姓名，是哪位學子？

回訊只有兩個字：匿名！

哈，多無禮的回郵，我心裡有點氣，即寫上：

「我的原則：不跟匿名者談！」滿以為這樣對方應該慚愧一下吧？誰知短訊又傳來了：「我只是發送短訊而已！不用回覆。不必介懷。晚安！」

我當然可以憑電訊查此子是誰，但不了，對這樣的一個只求自說自話的人，你又理他作甚？

2010-05-17

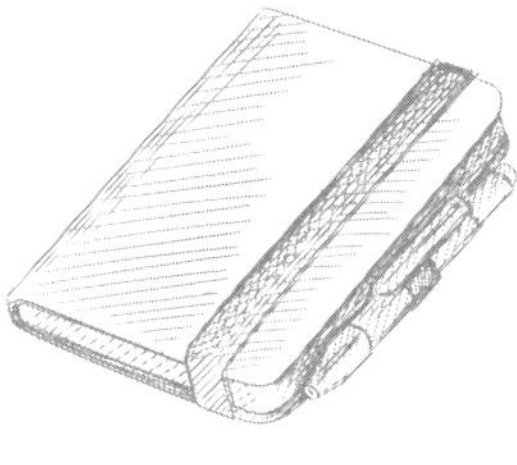

愁苦的臉

很難想像一個長期不笑的人會怎樣，但這種人其實常在我們身邊。早晨，在家居樓下的球場跑步，一邊跑一邊留意着樣貌淒苦的運動中人。真想跟他們說一聲：運動應該是歡樂的，這樣的運動才對自己身體好，苦瓜乾的臉孔，做幾多運動也沒用，請笑一笑。也許，運動是嚴肅的，不該是笑着做的吧？

晚上，走入講壇，見台下的成人學生不是一臉冰霜就是綳着一張愁苦的臉，學習是苦差？也許是吧，日間工作，肩負着一家的經濟或家中瑣務，晚上還得走來聽課，進修一個更高的學位，身心疲累之餘，也就相由心生，就無法有一點笑容了啊，我明白，但，我還是想告訴這些尊敬的學生們：還是笑着來上課吧，生命中一切的苦，都可以在笑聲中化解的，反正生命中沒有絕對純粹的幸福和快樂，你一出生，就注定會有一些不快的事發生在你身上，既來之，則安之，很多人很想來進修都苦無機會，你卻有了，足見你已經比很多很多人幸福和幸運了，對嗎？請笑一笑吧，我見你笑，連我講書也會特別起勁的，而給你的分數，也會打得很高的，好嗎？

保持心境平和愉快，看來比什麼都重要，香港人的愁苦，究竟他們知不知道是自己招來的呢？早上的球場，晚上的講室，一早一晚，都叫我遇上這麼多不快樂的人，我開始勸人：笑笑吧！

2010-05-19

That is Life

在學院碰到一位吃得開的教授，正想閃開，卻給人逮個正着，避無可避。不過，也是向我呻一句：「唉，仲要搵食，唔得閒病……」

然後說，找日閒聊云云，拍拍我的肩便走開。

哪有時間跟我閒聊？他說笑而已。在我心裡，我也一樣：哪有時間跟你閒聊？我的閒是真閒，你的閒是假閒，我才不會上當。

這些日子，我也試過，才知全是虛妄。所謂忙，東一個會西一個會，沒有一個會有意義，開了的會，全屬「廢會」，你以為會帶來新人事，新氣象，全屬自作多情。離開了，站遠了，也就看得更清楚了。

每一個人都曾經努力向上攀爬，努力的時候真的非常投入，不知就裡。看多了，才知道向上攀爬的猴子不過是別人的道具或他人的風景板，小小紅蘿蔔，幾乎要為它灑下熱血、誤了一生。總結一生：坐高位的人，大都無能和怕事，真正可以辦事的人老早就選擇站在一旁，淡然看人生。前半生在傳媒，後半生在教育，這兩個圈子真不賴，給我豐富的人生實證，活脫脫的樣板比比皆是。

有時坐在飯桌上，兩三位好教師傾出至誠，揭惡勢力痛誅奸邪，而我，坐在他們中間，一言不發。他們不滿之餘，也把火燒在我身上，我只能勉強說上一句：「That is Life!」是的，我們能怎樣？

2010-05-21

事事關人

只有萬事不關心的人，才能真正做到「防壓」，也因此，防止不了紛至沓來的壓力，至少也得減少這類生活中的壓力；也即是說，不能萬事不關心，也得對一些事情，採取「事事關人」的態度—不加理會就是。

朋友笑道，從「事事關心」到「事事關人」，你真有此道行？當然不是，人怎能演成一個孤島？只是我個人不去積極面對，凡事可免則免，若然重要的事情，憂慮和擔驚受怕，又怎能避免？人一旦踏步紅塵，就注定要接受生的壓力、生的憂患。近日讀書，每夜都精選幾頁最能解憂的文章翻閱，以求心神豁達，儼如明白一切、了解一切、寬恕一切，在無怨、無悔、無憾中入睡，漸漸日子有功，自問已有黃老之思，在無為中有為，然後又復歸於無。從舊《素葉》雜誌中找到西西的一篇長文，名為《上課記》，全文記載了她到農圃道新亞研究所聽牟宗三老師講書的日子，讀的時候，全無壓力，誰知讀畢，胸中竟感慨而鬱悶，我知道，壓力來了。因為想到哲人寂寞，人生寂寞，我們做學生的，大大辜負了一代儒師，先是不安，繼而鬱紆起來。本想通過西西的上課，重溫自己昔日的大學生活，聊以消憂，豈料憂從中來，不可斷絕。

排憂減壓，是否該讀一些「讀而不思」——不用思而本身不具思想的書？抑或真的要苦練一種思是不思，不思是思的靜功？唉，誰來教我們？

2010-05-23

寫城市

評判不易做，最怕是誤把人家的才華文采當垃圾，或者一不小心，好作品成為遺珠，此乃另類誤了蒼生。假日在家開卷，閱上一百篇之後，獲選入圍的放在一邊，出外喝了一杯咖啡回來，再讀已棄置的一堆文稿，忽又覺得另有優點，如是者，選來選去，費我思量，要選取最好的十篇直覺為難。

每位作者都在寫城市，都有上佳的文字能力，那敘述的語言真是「鼓其如簧之舌」；至於寫城市的生命力、活力，也總見分量，即使是一個不合時宜的舊市集，他們都寫得情味濃厚，叫人不捨，若面臨淘汰，不勝唏噓，這又是另一種的城市情調，不能說落後了就沒有生命力。成績相若的百多篇作品，你必須選取十名，定為佼佼者，其他唯有見棄了。

每一個人作一個決定都是存在主義者的存在決定，我這樣想。我於是定下了我的標準，理由是我是評判：好作品該有我個人存在決定的色彩，我告訴自己：你們寫城市，不論你寫的是小城大記抑或大城小記，你都得把它寫得鮮活、生動、繪聲繪色，叫我如在其城中，還有這城市或城的一角那活脫脫的特色可以帶動出來嗎？對不起，任你文字如何流麗，你筆下的城市一角，性格還是跳躍不出來，你以為熟悉這城市，我都看到你原是過客，有過客的誇張筆墨，最終還是過客。

2010-05-25

一代偉哲

學院同事夜讀牟宗三著作，復上網尋找先賢生前記錄，在獨酌、沉思、自省、嘆息之餘，卻見到一段我在牟師家中出現的訪問畫面，是十七年前的舊事，他把所見電視上一代哲師的訪問電傳給我，讓我重溫了幾乎忘卻了的往昔。

那一年，我是四十歲出頭的中年人了，也許還在電視台的節目部抑或已轉了去出版社工作？何以會跟陳特、陸離諸友出現在牟師家中？

牟師在舊片中所見，八十四歲仍清癯有神，只手上多了一杖。記者訪問他，問他是否有孤獨的感覺，牟師一笑，說無所謂孤獨不孤獨。孤獨是必有的，但在他來說，孤獨又怎難倒他？牟師論說孤獨有精闢之見，有興趣大可翻他的書印證一下。其實對牟師來說，一生的研究都寫在書上，重要的思想、理論，每一代中只要人有「慧思」，總能跟牟師的精神產生共鳴，成為他的隔世學生，當代的我們，捧着他的巨著，只感到千斤之錘，做他的敬仰者，沒資格做他的學子。我，作為敬仰者之一，讀他的《才性與玄理》，儼如讀着一部以「氣」觀社會和歷史的另類歷史小說，趣味無窮。我想，哲學在他手中，端的是出神入化。總覺得牟師有千秋萬世的知心學生，今日不出，明日便出，明日也不出來，後日一定出來的了，哪有孤獨、寂寞這回事？想不到，讀完西西的《上課記》，我竟看到電視訪問中的一代哲人，重溫了牟師的身影。

2010-05-27

吃喝寄餘生

這兩年間，朋友已經變成了我們圈子中的孟嘗君，每個星期，總有一次請客，偶爾還會來一次兩人小酌。而我，可以說是最大的食客，凡是他請的飯局，從不遺漏我。

兩年計算下來，我作了小小的心算：我究竟吃了他多少？得有一二十萬塊吧？也因此，食肉者都也就永遠的鄙了下去，若要減縮肚腩，恐怕首先要跟他絕交。每天早上跑步，這苦功最主要還是把吃的卡路里揮發出來，目的也是為了迎接他下一次的美食之邀。

他邀吃的藉口真多，其中最大的理由：為了可以贏馬會的錢，必須每次都請朋友吃。果然，吃過之後，那錢又會繼續來，陸續有來，不由你不信邪。

我前晚黃昏在學院批改試卷，正頭昏腦脹之際，他的電話來了：還不起行？方猛然記起，今夜是他的顯徑村美食之夜：短訊有菜單：巨大紅蟹兩隻、即燒乳豬全體、星斑一大條、野生魚野葛湯、涼伴雞膝頭、釀通菜梗……

那夜有良朋六七人，都吃得搓着肚皮，大家吃的菜式多了，個個的嘴也變尖了起來。唉，生活在香港，像我們這一小撮，「吃喝玩樂」就只剩下吃與喝了，小舟從此去，吃喝寄餘生而已。

2010-05-29

看他如許風光

這世界，有人出盡風頭，成為成功人物，瞞不了人，那風光的樣子，雖然叫人艷羨，但千萬不要因而產生酸味，譬方內心忽然有此一念：為什麼他可以，我不可以？

這問題並不難答，你看見的，盡是風光一片，瞞不了人，因為有傳媒爭相報道；但瞞到人的，你卻看不見，假若你肯動動腦袋，一定會想到，瞞不到人的背後還存有一大片瞞了許多許多人的私隱在，不為你所知，羨慕人家之餘，不妨多多推想：人家付出的，肯定不會比收穫的少，這樣一想，你會恍然大悟：風光後面，有說不盡的勞苦。

你也就不會酸溜溜地想，以為人家一蹴而至。所謂看透，就是說不要單看表面，即使裡面真的不能看見，但用腦袋想想，總可以想到一部分，不會一無所知的。

人生總有一個屬於自己的規律，你要做那種人，就要付上那種工夫，做人如同做事，認定目標，上馬。

想完又想，你終於明白，而且慶幸，要付出這麼多的代價，方賺得如許風光，然後你會甘心於自己今天的現狀。原來自己一早就知道要走的路途，所以才有這半生的路線，哪裡是「見步行步」？人生不必後悔，哲學教授教我們：你是由你的氣質決定你的。這氣質，包括了天賦、環境、教育、家庭、朋友、際遇和時代，上面一連二、二連三……每一節都是某種主宰，到最後，我就是這樣了，那不神奇？我看一己的神奇，也看到別人的神奇。

2010-05-31

香港茶餐廳

學院鄰房有個外國妹研究員，天天在辦公室看資料打字或外出訪問，研究的專題環繞在香港文化上：廟宇、潮菜、九龍城……書出了一本又一本，樂此不疲，愈做愈起勁，不少時候還纏着我，隨時要我介紹有關資料，甚至要動用我的人脈關係，吾友關平、吳昊等，都是她做研究的「忽然顧問」。用英文寫作的香港通俗文化研究，究竟有幾多讀者我不知道，我只知道，她的研究如果出的是中文書，恐怕知音不多，甚至一些可能水平泛泛，欠缺驚喜，但她出的是英文書，讀者可又不同，總有她的一群知音者吧？

其實這類著述，除了深入研究、有高度選擇性的資料搜集外，還得有一支輕鬆幽默的彩筆，這類書才出得好讀。我讀過的有黑楊著的《香港也SOHO》，就呈現了香港SOHO最深層的一面，寫法活潑多姿，一卷在手，叫人趣味盎然；還有鄧小宇的《吃羅宋餐的日子》，不論他寫的是地方或者人物或者是感慨，都緊緊繫着一份份的深情，昔日記憶，有種種的緬懷之樂，又是叫人心情愉快的閱讀。

外國妹研究員最近着手寫一本《香港茶餐廳》的書。我除了叫她光顧「翠華」之外，提醒她多些去蒲那舊式茶餐廳，將過去的與現代的兼收並蓄，而且要有活潑巧妙的「茶餐風味」的文筆，加上圖片，再加上一些在茶餐廳寫稿為生的文人往昔生活，那麼書才會好看吧。

2010-06-02

茶餐廳之憶

茶餐廳是大眾消閑、下午茶、朋友聊天的好地方。從前做中學生，已膽粗粗約女孩子到茶餐廳飲冰說夢話，茶餐廳於我，是有着太多的記憶了。

中學拍拖，大學呢，經常與幾位哲學系的高班同學泡茶餐廳，聽他們吹牛直到深夜，有時還聊個不停。

我們常到的茶餐廳，大抵散落於九龍城獅子石道、旺角花園街，土瓜灣的珠江戲院附近。每一個不同的時期，都有特定的茶餐廳，它們的存在，似是伴我們成長，現在思之，原來這確然是我們經常落腳的地點。

獅子石道的九龍冰室，以至馬頭圍道的藍馬車，一新一舊，從飲冰到吃餐，都叫人回味。今天，這兩個茶餐廳已不在了，時間浪花淘盡我們兒時的記憶。

太子道南天餐廳喝咖啡奶茶的日子，還有在珠江戲院鄰旁吃鹹菜肉片湯飯的茶餐廳，一下子連餐廳的名字也忘了，好像也叫南天吧。

旺角的賓士餐廳和花園街的花園餐廳，也是吾輩最流連的地方。

時至今天，茶餐廳仍是我生活的驛站。偶爾推門而進，吃一碗麵，或要一塊油多，喝杯咖啡，等候朋友，或消閑罅隙時間，茶餐廳扮演的角色，仍然存在。

2010-06-04

衰落與復興

七〇年代中後期，香港茶餐廳衰落，因為市面湧現了飲食文化的新潮流，簡言之，就是美式自助快餐店的興起，在某種程度上取代了傳統的茶餐廳了。青年人自始嚮往美式文化，追求新口味，加上社會經濟轉好，一般人消費力較佳，廉價的茶餐廳不再具有吸引力，被視為「老土」、「無新意」，生意遂大跌。

自助快餐大都集團經營，且開連鎖店，由於財雄勢大，有條件大做宣傳，遂使散兵游勇、低調經營的茶餐廳無從與之競爭。所以說，其衰落的根由乃在於被淘汰而已，豈有他哉？

翻查資料可知，七〇年的大家樂，七二年的大快活、美心，七三年的肯德基家鄉雞和七五年的麥當勞，紛紛面世，它們售賣漢堡包、熱狗、薯條、蘋果批、炸雞等等，都是茶餐廳欠奉的，而這些都是全新的口味，也是全新的飲食經驗，特別為一般年輕一代所喜愛。

加上自助化，顧客有活動自由，食物飲品亦有 Take Away 服務，這都是當年茶餐廳所不具備的服務。

快餐店其後在西式快餐之外，另加入茶餐廳式食品，更使茶餐廳被趕盡殺絕了。《香港經濟年鑑》指出：八六年，快餐生意增長率成為全飲食業之冠。它能適應港人緊張、快速的生活節奏，又把餐廳、茶樓、酒館、粥麵、燒臘等美食集於一身，因而盛極一時。不過，九〇年初茶餐廳文化又復興了，那是懷舊潮流所帶來的。

2010-06-06

研究的道理

沒有人敢輕視研究，因為有研究才有發言權，對一件事情完全沒有深入了解，卻又愛隨意妄加意見，聽得人頭也昏了，明理的人，只能默然離開，不會再跟你糾纏下去的。

電視劇伽里略的故事，教你推理，但你未必有物理學、數學的尖頂科學知識，人家推出道理，你則愈推愈理不了。但至少，你會明白世事萬象、千態百狀，總有一個理在，使你可以做一個合理的人。

不過，合理的人活在一個不合理而又不講理的社會——至少是一個不太多人看到理之所在的社會——則這個人肯定很痛苦。他既勢孤力弱，又無法隨波逐流，那生活確然寂寞，生命若然如此，唯有看透看化，以不了而了之而已。

人生有劫、世間有劫、人類有劫，此劫是避不了的，還是逍遙一點看它發生好了。

追求知識，尋找真之所在、理之所在，身邊的人都做着各種各類的研究，但小小的研究之後，卻又覺得自己發現很多，則這樣的研究又未免使自己的自信過分誇大了。從而又從研究中跌落了，跌了下去，下次將能再次提升，不至沉淪嗎？不知道。我是一個愈做研究愈覺迷惘的人，做了一點研究，愈覺得不敢發言，研究的最大得益，叫人學會謙虛，對於沒有研究的事物，更加不敢妄發議論，研究事物也研究了自己，認識到自己了。

2010-06-08

讀書出書

在這個孤獨的書齋中，有時讀了好書，人在陋室，乃可長嘯當歌；不過，好書不來，你又奈何？總收到某君大作，一本收了，又寄來一本，先生之志則大矣，先生之書我不會讀，真的，索然無味之書，寫的都是人人都知的事、人人都知的理，那何必喋喋？也許，寫書的人還道在鼓吹世界和平、人人相親相愛，對不起，於我，這類書可目為「阿媽係女人」論的書，於我，一行也不願入眼，謝謝了。

最有條件出書的人是誰？我不知道，自己也央過朋友為我出書，更做過編輯、出版人，央人家把書交我出版社出版，版稅從優。Those were the days，不提也罷，只是心裡有個謎：見朋友的博士論文一部部面世，變成一本本好看的書，自己的論文卻在高閣封塵。忽然有一天，朋友說他要為我出版，於是約了出版社朋友見面，這個心魔這個謎，莫非可以打開？

當然不，博士論文，是出版社的「蝕本貨」，人家有非常關係，「蝕本」之餘有聲望，賺回少少形象，我是誰？百分百蝕本，最好笑的是：那天編輯改口說：何不為我們精選本地雜文？這是閣下的強項云云……一聽，傷心欲絕，我已決定，再不為人作嫁衣裳的了。口頭上唯唯諾諾，實則上是一千個不願意，出書，此生休想，我的出不了，選人家的作品？也一樣沒心情，冇得傾！

2010-06-10

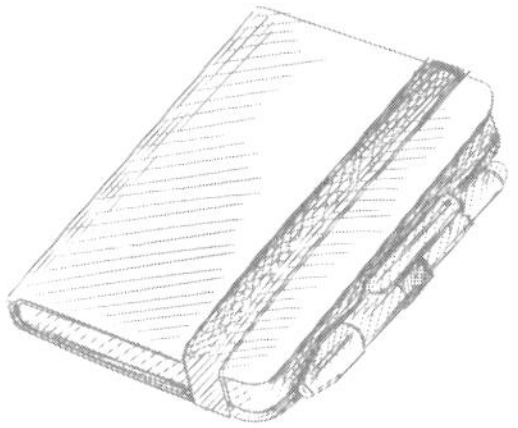

唐詩宋詞

夏天來了，將怎樣？最大的不同是，夏日炎炎，要被迫讀書。因為學院放假，這個兼任講師無課可教、無俸可索，還不乖乖囚在書室靜坐讀書？尚有哀憐我的友人，怕我人窮氣短，特為我在暑期編了一個課，因此夏天來了，總算還有小小「細藝」，仍可以教書。收到出版社陸國燊博士贈書，拆開一看，是《唐宋詩鑒賞》，心中頗不以為然：像這類從國學整理出來的文學經典書，內地珠玉紛陳，本港學者也爭相寫這類書，不是有點事倍功半嗎？

心中暗想：國燊國燊，你為何要出版這類書呢？然而打開一讀，方知自己的大謬不然也。這部厚厚的《唐宋詩鑒賞》，與內地頗為流行的《唐詩三百首鑒賞》及《宋詩三百首鑒賞》確然不同，至少有着一個簡潔明確的鑒賞指南、觀點清新可喜，而且作者的介紹也簡明得多，實不弱於三百首系列也。

再說，這部由李永田編著的《唐宋詩鑒賞》，書中所選的詩章，是取詩人最具代表性的作品，而不必拘於一個「三百篇」的數目，是故初唐四傑，便只在王楊盧駱四人作品中各選一篇，非常明確可親，免除讀者要多要雜要繁的苛求，這一來，才真正能達至含英咀華的目標。

夏天教唐詩宋詞，手頭上又有一本好書也。

2010-06-12

茫茫人海中

鄭斷風來港會友。像一陣風，見了一次面，然後，又一陣風的，回去他的紐約去了。三十多年前的事了。忽然之間，那一年的某一天二十多歲的大學朋友，像風一般走了，遠赴異邦，從此就沒有他的消息，直至昨天，古蒼梧說，斷風來了，謀一小敘吧。鄭斷風，該可以是香港小島的一個文字界中堅吧？因為跟他相熟的朋友，都知道那時他筆下的文字寫得不錯、很有風格，然後他一聲不響的走了，什麼也拋下：他的朋友、同學，連同他別有韻味的文字，和一份跟報館有關的工作。他最後的一篇文章有一點暗示，多多少少在裡面作了一次文學的自殺。

他說：這是深秋時節，從排字房往外望，我看見半窗暗澄的天空、半窗的細雨。年來的蹤跡，今後不知走向何處……薄暮時分，我看見西風輕輕走過，行人走過，傘走過。我的童年走在高高的山上；一個妓女的童年走在破曉的海傍道上。我覺得神傷。我把貞操典當給了生活……雨正微微。我行將離去，把很多個尋常的黃昏都掩到昨日去了……

這篇文章仍貼在我的「好友剪貼」上，發了黃的紙亮着一種時間的憂鬱。我們終能再見，這次，和再下一次？我看見你走過，正如你看見我走過，但遺憾的是，能讀到關於你生活的片斷畢竟太少了。人在船上，船在海上，海在茫茫的宇宙中，是的，我們都在茫茫人海中。

2010-06-14

時運低矣

這一兩個月來，心中正努力考慮着一件屬於自己的大事：真正的放棄賽馬這個遊戲，還是多花點工夫多做一點準備和研究，把賽馬遊戲玩得更好。

首先得向賽馬說謝謝，在很多個初夏，都憑着這四隻腳高大身重的動物帶來運氣，總可以在危急關頭的繳稅季節向政府交畢稅。

換言之，一年賽事，我總有收穫，助我解決了錢的問題。人生往往不可能永遠順利，至少，今年的馬季竟是我最黑暗的日子。時維六月，報稅單仍未填報，上一年度的稅單餘額仍未繳交，而我開始明白，要跟賽馬再鬥下去，恐怕昔日的收穫也會付之東流。

朋友批說我今年時運低，合該避其鋒，萬勿逞強。果然，三四個月下來，我的生活鮮有順意者，他說中了。我於是心中有着一個新計劃：認清生活、改變生活——就過一個時運低的人的生活，也就是一個低調人生的生活，默默地自己過日子，有什麼人熱火朝天來邀約也一一謝絕，回歸簡樸吧。而至於那個玩了差不多二三十年的賽馬遊戲，也該來做終結了。天下無不散的筵席，既然我看不透每一次的戰局，那我理應退出，沒理由再花時間和金錢一直撐下去，難道要直到我人仰馬翻、戰死沙場為止？知止，是人生大智，在適當的時間卻步，方為應對時運低時的良方。

2010-06-16

專欄不必昔日

專欄這回事，友輩中我是最早動筆闢欄的一個。然而，隨後如飛殺上的文友，多不勝數，寫手不只多，且高手林立，而最叫我嘆服的是，各行各業的朋友，都能添加一枝筆，在他們的人生道途上增加生活的挑戰與趣味。

在我初出茅廬的當年，專欄賣的是學問與才情，佔地一欄，儼如是一位文學作家。縱使那種文學只是通俗的文人所書寫的通俗小品，但舞文弄墨，非是文人不可，非有墨水不可。

今天的專欄，已非昔日。此語並無貶低今日專欄之意，只是昔日專欄是文人專利，今日此專利經已打破，因為報章專欄，服務市民的閱讀功能已大大拓寬，文學與人生僅是一隅，專欄書寫的題材，廣泛無邊：政客、醫生、律師、教師、心理學者、精神病專家、星相占卜、經濟財經、退休公務員……不怕誇張講一句，特首何不也來一個專欄：「給香港的信」，每天跟香港市民談心事說時政。

像筆者一位好朋友，三十多年來在本港金融機構服務，從證券經紀，到銀行家，再到政府金融機構的財務總管，經歷不可謂不多，四年前退下金融前線，即在本港報章及周刊撰寫專欄：談財經說往昔，搖身一變，已是一位極受歡迎的專欄作者了。

他的專欄被界定的範疇為：從生活出發的財經專欄，其專欄特色，值得為諸君說說。

2010-06-18

吾友新書

香港專欄拓寬了題材，也添加了繁花錦旗，已打破昔日三十年代上海魯迅必須戰鬥的雜文傳統。如果說金庸的專欄社評是政治隨筆，則林行止的專欄短評便是財經小品了，作為專欄雜文，兩位先生都是前輩，都開了一個很突出的典範。

但雜文必須保留一個特質，就是關心生活，雜文雖然從生活出發。朋友的新書我得以先睹為快，於此為大家作小小介紹，以見財經文字，在吾友筆下，寫出了趣致不凡的生活，讀之有益身心。

朋友新書《樂觀時變》收的都是他的財經文章，但他不追蹤市況，不預測起落，更認為短炒損害身心健康，更了解到投資者根本沒有足夠條件在短炒中取得好處，最終會跌?金融陷阱之中，朋友幡然大悟，但得出生命最重要的訊息：「愛護家人、誠懇待人、努力學習、勤奮工作、關心社會、放眼世界、小心處事。」這幾點，可使人生活快樂，而生活快樂的人，投資往往成功，這是吾友投資的知識論。

書中每一篇文章，都能貫徹此一見解，叫人拜服，每讀一篇，叫我感悟一次，觀其文，如見其人，知其人，也就更愛讀其文了。他現時已是本港知名的專欄人之一了，他知道我愛讀其文，要我為他寫幾個字，聊作為他新書出版的序，從命？吾友是誰？

2010-06-20

昔日電影經典

夏日炎炎，在家觀賞舊電影，此地舊電影名片一百元四張，重手五百元，可購得昔日名片二十齣，足夠這個炎夏解暑了吧？

舊片中一些是我看過的，一些則是知之甚詳、如雷貫耳卻從未看過的，這次有緣親近，竟有某種的喜悅，而且對之期望甚高，一心認為必屬永恆的作品是吧？

像其中的瑪麗蓮夢露主演的《大江東去》（River of No Return）、海明威小說改編的《江湖俠侶》（To Have and Have Not）、尊福導演的《蓬門今始為君開》（The Quiet Man）及《父慈子孝》（How Green Was My Valley）以至由慧雲李主演的《安娜卡列尼娜》（Anna Karenina）等，一連幾天細賞之後，頓覺昔日作品與今日的，真的大異其趣。要懷舊，當然有理由，但若求整體的藝術要求，我看還是落後了。簡單、完整、載道，這是過去經典作品的普遍特色，用今天的電影觀賞要求來鑑賞，顯然不能滿足今天的我們了。這些電影，對我最大的好處是，這是最好的編劇示範作品：有完整的故事、不凌亂而線路清晰的情節、觀點鮮明有力、人物性格具典型性，這都是今天開始寫劇本的人最忽略的基本功，用這些經典來學習創作，顯然大有好處。

2010-06-22

定位於作家了

商務印書館寄來贈書，是舊友吳瑞卿新作：《俗語有話》，第一時間翻閱，趣味盎然，可將一些自己過去不甚了了的俗語來源和用法，有一個明確而清晰的認識。多謝了，瑞卿同學。

一口氣把書讀完，即時明白「一蟹不如一蟹」何以獨垂青於蟹而不是蝦。也許，瑞卿的研究，可從搖電話給她的老友們，收集大家心中不明內裡的俗語奧秘，這一來，解惑的功能，也就更大了。偶然的書，花你少少時間，即能解心中多年未解之疑團，而自己省卻翻書上網，何其有趣，我們稱之為「偶然的學習」，不是頗能傳神嗎?這種剎那的趣味、即時的閱讀，如果可以多一點，總是好事，今天大家的閱讀時間，真的愈見縮短了喲

讀完小書，卻懷想起舊友來，一別多年，但仍在文學閱讀中獲悉吳瑞卿的近

況，她近年是愈見活躍於文字界了，此時此刻，堪稱作家了。想不到身份多變的她，時至今日終於定於一了，這一，就是徹底的專心的做一位作家是也。書架上她在不同時期寄贈的新書都存放着，遊目四顧，頓覺其趣味原來頗為廣泛，而她在旅遊、音樂、飲食、小說的世界，已早有駐足，今日這本俗語趣事的書，似又開新一頁友人寫作日新又日新，真的衷心為她高興。

2010-06-24

自適

夏至。也忘了夏至是日長還是日短，但我的夏至開始，卻是日短得可以。從中午回學院密室自修，不過是讀幾頁書，覆一兩個電話或電郵，倏忽便見暮色，還來不及計量明天的事，一兩個夜學課程又響起時鐘來。

明天其實又何用計量？顯然將與今天無異吧。每人都有其生活的模式、性格，喜歡這樣，不喜歡那樣，又也許不是不喜歡，而是無心開拓什麼新模式，性格而已。

日子平淡消逝，恐怕也是一種福氣，應該懂得享用才是。人的性格，也不是天生自適的，今天自適其樂，是過去生活的奔波和苦惱練就的吧？

說今天的自適，很容易想到昨天的自適。

同是自適，卻有很大的差異，從前的自適是肆無忌殫的：通宵不眠、酒杯不離手、不吝囊中錢……今天可沒有此等自適了。也許，通過了那種局限的自適，才是個人的真正自適吧?孔子所言的「從心所欲而不踰矩」，前面的「從心所欲」，是自適，後面的「不踰矩」卻是局限、是條件了，此類規矩，無法不正視。

不過，說自適其實也深深地有着一份蒼涼、一種虛空在，這也是無可奈何的了。春分夏至，秋收冬藏，人生一樣有它的季節，能體會自適而不慌不亂，生活已很美好，也該深深感謝這個世間吧。

2010-06-26

「大是大非」

最怕人動輒用上大是大非這四個字。香港政制的進路，急與緩的不同，帶來不少的爭議，要走快一點，還是慢慢走，當然可以討論，且看各方持理，是否有理有據。可笑的是，急進的一派，對緩進的一群，即時謾罵，大是大非掛在口邊，他們「大是」，人家「大非」，與他們見地有異，即成千古罪人。

由他們定下了「大是大非」的標準，很多年輕人信了，也就自以為真理在握，開始為「真理」而戰，不惜走到街頭吶喊，世情、政治，在他們眼中，真是簡單的事，隨聽隨信，自以為是獨立思考的進步分子，做着正義的事了。這樣擾攘又擾攘，據說也有一個好處：讓年輕一代在實踐過程中學習和覺醒吧！

有傳媒撩起這火頭，總也該有人在傳媒說說客觀的道理，何謂大是大非？值得大家坦誠表白，畢竟，動粗無用，發泄之後，該是反思時候了。

回歸後，「中國與香港」，確然是一個重要的課題。但這一門功課，欠缺最好的講師，沒有人為年輕一代講這一門課，有的只是各自修行、各自理解，最大部分的人，都是吃傳媒的奶，在淺薄、功利、自私、簡化的傳媒意識形態主導下，很少人能夠看清問題的關鍵。對香港自身，對中國，對國際關係、形勢，完全沒有整合的視點，最終，只見樹木，不見森林。

2010-06-28

看醫生

上周末孫兒發高熱，偕女兒帶他去看醫生。剛巧我們家庭的兒科醫生放長假，唯有找別的醫生看，醫生為小朋友檢查完畢，然後開始「致詞」了。

「發燒是好事，是身體內自我防衛，正在打仗，你們不知道發燒沒問題嗎？」然後他指着診療室壁上的照片說：

「我兩個女兒從來不吃退燒藥，一次也沒有。」

我還以為這只是跟我們對話的開始。天啊，但他一口氣說，東拉西扯，哪有要聽我們說的意思？我只問一句，那句話還未完全說清楚，他立刻又搶着說下去了。

在這位老醫生心中，我們都是愚夫愚婦吧？但，作為一個醫生，不是要為病人的疑問進行解惑嗎？為什麼不聽聽家人是否明白你說什麼？我想說：醫生，說回主題去吧。

他又再議論「發燒」了，妻問發燒可以吃飯嗎？

還是吃粥？她的意思是體內在打仗，是應該吃清淡一點的食物吧？但醫生面帶譏笑說：「不！要有營養，才能打仗，照舊什麼也可以吃，不必戒口。」

唉，老醫生甚至慨嘆：「中國人不太講證據，所以永不進步。」錯，我認為中國人弱就弱在只會一味聽從，從不懷疑！好像此刻，我念他是老醫生，不想駁斥他，以致他愈講愈多。在他，你聽我講，我傳道、授業、解惑，我在你上面，你只要聽就是，那有什麼研究研究的餘地？

2010-06-30

何妨惆悵

跟朋友說話，假若話不投機，最多說聲對不起，便可鞠躬離去，頂多不見面一段日子，淡忘了再會於江湖，再不，乾脆拉倒，永不相見。怕是怕親人談話，遇有不了解的心語，愈說愈離題，愈說愈多誤會，一邊心痛如絞，一邊還是要說下去——又不能以話不投機為由，離席而去，每一分秒，都苦不堪言。了解，是長期的交流。親如父子、夫婦、兄弟，假如平日不多作溝通了解，一下子再交流，方發覺沒有天不變、道不變的東西，任何人和事物，分分秒秒都在變化之中，在無聲中漸變，只是大家不察覺而已。

愛一個人，是什麼都可以聽的吧，但，到有一天，我需要我愛的人，來一次聽我的，可以嗎？

不可以了，因為什麼都是我聽你的，過去如是，將來也該如是，怎可以變成你聽我了。唯情主義者的悲劇是，什麼都以情為上，沒有什麼不可以原諒的，形成一次又一次的縱容，而且，自己還以為很偉大：為了愛，還有什麼不可以放棄的？

「何妨惆悵是清狂。」在直道「犧牲」了無益的現實下，吾等雖然惆悵不樂，但清高自傲的狂，還是在心內響起：何妨何妨？我說終身不悔，永遠何妨惆悵下去，直到地老天荒？一旦開始了，就真的改不了，生命的悲情，原是如此。

2010-07-02

研究作家

文如其人，因為：一個人的文章，多少泄露一個人的性格、人生態度、愛好、思想看法等等……

當然，要掩飾，用文字來遮掩，不是不可以，但卻要苦心孤詣、刻苦經營，方能把自己的真實遮蓋。一般作者，特別在報上的雜文作者，要製造一個假的自己，殊不容易。

學院中，什麼文字的寫作都可作學術研究，於是，一個學子走來跟我說：我想研究本土某才子的作品及其為人。一聽，我便質疑：你認識這才子嗎？你讀了他所有的文章嗎？

好了不起的八十後！她說：我在報上，每天都讀他的專欄，由他第一天到今天的文章，都讀過了，並且都留下了剪報，這是二十年的記錄，我研究他的「其人其文」，自問資料充足……

真了不起，我又怎能拒絕呢？好吧，這個作者，我也是熟悉的，我對他的作品，也一樣有留心、有閱讀，好吧，你就研究他好了。

讀書的樂趣乃在於此。用生活的東西，放進學術的研究空間，生命特別有了意義，就是怕一些學子，研究一些他們既不感興趣，也沒有心得的作家與作品，人云亦云，在網上抄來一大堆資料，聊作一個自己也不相信的結論。

這樣的研究，不要也罷。

2010-07-04

走過書店

走過書店，琳琅滿目，禁不住用手輕觸，我告訴自己：這裡的書，愈出愈美，內容則不一定合你心意，只單看印刷和封面設計，已夠賞心悅目。難怪某前輩的「一周紀事」常見這樣的句子：「收某兄寄贈新作，印刷精美。」拆開翻閱，全書只堪用上「印刷精美」評之，其餘可思，前輩宅心仁厚，卻又不失坦率，真高。走到亦舒專櫃，她的小說，近日成為蔡瀾的「飛機書」，一程飛行，即閱畢一本，然後在專欄寫寥寥數語，但已叫我這讀者彷如也讀了似的，她的小說，雖然如此，簡單可愛，沒有驚喜，卻流暢可親。

個人偏愛她的散文。於是以五十八元購其新出版的《不二心》——作為對亦舒的懷念吧。日前問朋友亦舒近況，朋友卻說，已很久沒電話來聊天了，打電話也找不到她，她是這樣的，只有她找人，沒有人找她！

哈，這就是「亦老舒」啊。《不二心》中可有她的近況：比方，她問女兒何以疲懶，媽像你這年紀，已經寫小說賺學費怎樣怎樣，豈知女兒只說一句：「但，我不是你。」就是愛讀她的散文，那是個人生活的點滴：不論感慨還是牢騷，不論稱讚他人還是安慰自己，總有她的道理、她的語言口胳，讀之如見其人、如在聆聽，很有意思。生活專欄，可讀性常在於此。

2010-07-06

追求高貴

人活到這個年紀，要追求的，究竟是什麼？我以為，要學會高貴。

中國儒家說戒之在得，這個得字，可圈可點，人到這個歲月，實在不該事事求得了，相反，可放則放，再不貪多務得，中間大有智慧。能如此，人就顯得高貴，與世無爭的人，最高貴不過了。

妨礙一個人高貴，第一是怕死，高貴的人明白人活到某個時候，自明必須退下，把一生畫上句號，斯時，乃是樂事，這終止符號叫做死，如此而已。然則，死有何懼？自當細味夕陽無限好，何須惆悵近黃昏，更何必怕得要死？第二使你不高貴的是怕窮。窮在桑榆之年，有人很不快樂，那是因為不心足，老來欠「維他命M」——手頭拮据，諸事不便。然，大半生吃喝玩樂，上天對你已經不賴了，人在此時，該清心寡欲、粗茶淡飯，那會別有情味，還何必再追逐奢華生活？

人追求高貴，也就是做到無求，無求品自高，高貴自然而備，一不怕死，二不怕窮，就只怕病。病無端襲來，最易將人高貴的本質消磨殆盡，甚至會連累家人照顧，帶來苦困如斯晚景，堪稱淒涼矣。是以奉勸世人，年在桑榆，更要注意健康：睡眠足、運動足、心情開朗，以無求之心度日，病也不容易造訪了。

2010-07-08

存在與不樂

李商隱生於晚唐這個苦悶的年代，他的不快樂也是可以理解的。不過，快樂為何？怎樣的人生方稱快樂？那也不容易說得清楚。夜讀李商隱，苦悶的時代只使他更深沉地看透人生的惆悵與不樂，即使他生於貞觀、開元的盛唐，恐怕也一樣有此生命的遺憾。

他的一首七言絕句，寫暮秋獨遊曲江所抒的人生感慨，可以說是他對生命的存在所附帶的人生苦悶，有着是必然的，是無可逃脫的看法，可以這樣說：我存在，但我不快樂。

荷葉生時春恨生，荷葉枯時秋恨成；深知身在情長在，悵望江頭江水聲。

詩人的恨，在於有身——存在，而人的存在，卻又有情，有情則必有恨——苦悶。

此等存在的苦悶，是人人皆有，是無法驅遣的。苦悶之源在於我們是感情的動物，但人若無情，做人又有何意義？最終，生命長在，苦悶也就長在，這是不可解決的永恆苦惱，人人只有悵望江頭，無奈地去聽流水之淙淙罷了。

「深知身在情長在。」讀李義山的詩，其情思，其哲理，體會殊深，亦易感染讀者，在默想沉思中漸墮入不能自拔的悲哀之中。

都說李氏情深，卻不知他的詩哲理亦深：以理駁情，或用情說理，在在叫人惘悵及清狂。

2010-07-10

酩酊酬知己

藍馬店諸友先後來電，傳來某君早逝的消息，都說藍馬店又折一老友了——這次來得突然，恐怕連他自己也不知道：我是這樣離開的，沒有通告朋友、也沒告知妻兒。主啊，我何時來，我何時去，一無所知，而且也不由我作主，一切都是你，世間萬事，全由你主宰，我們只能卑微的存在、卑微的消失，如早晨的露珠，不一刻，就消散得無影無蹤。

我沒有悲哀，這是生命的常態，Out of the natural course，只有藍馬店酒吧諸友感傷地說：我們是不是應該多見面喲？早逝的朋友，今年連一次臉也沒見過哩，這不是太過分了嗎？

我沒有悲哀。是的，人生休說苦痛，正如另一位走得比他早的朋友說過：要做的，都做了，應該無憾。但，是否人人真的一生無憾，則恐怕未必。朋友有壯志，今天在未酬的日子中離去，是否必有不甘？有人走後，留下一大堆未了之事、未報之恩、未圓之夢……我不甘心。是的，壯志未酬的朋友聽着：在這個時候，壯志仍然未酬，是該卸下吧，但將酩酊酬佳節好了。把知己全喚來，今夕的藍馬店不談什麼壯志，只談老友記，群英會知己，風雨晴不改！什麼壯志？去它的吧，且讓我們舉杯，賀一賀生命還在我們手中的日子！

2010-07-12

家長的通識

到某幼稚園學校作演講嘉賓，在畢業禮上對着小寶貝和他們的家長講話，那還是第一次。過去，幼院校監邀約，我總向他們推薦兒童教育專家，由他們去跟學生家長親切交流。猶記區瑞強、譚潔英、鄧靄霖諸友，都介紹過了，這次硬要我出馬，硬着頭皮也要去一次了。

我的講話，只會把自己的經驗拿來獻醜，我認為今天照顧幼兒，非什麼也懂一點不可。我的意思是，特別是一些教育觀念，一些醫護常識，一些幼兒心理輔導，一些飲食文化，都有必要學上手，否則，就談不上怎樣去照顧孩子。當然，愛心、耐性和時間，這些更是基本條件，是不可或缺的。有正確的教育觀念，教學子思考和常識，才不會胡亂填鴨，不會不問程度、不講趣味了。孩子心理，更是一大秘密，不細心體察，會誤解下一代、傷害下一代。

醫護常識在今日的社會環境更是不可忽視，衛生、健康、安全的家居與學校外，也得身邊的大人明白孩子的體質及環繞在他四周的病毒，不能掉以輕心。

飲食文化不只是講進食的技巧，還得注意健康營養的要求，以及以飲食改善孩子的體質，並讓孩子在享受食物中體悟生活的樂趣。與家長交流育兒心得，頗多具體而有趣的經驗得以交流，這世界的大人們，還是這樣的愛護他們的兒女，這是多麼叫人快樂的一次聚會。

2010-07-14

清潔至上

食家蔡說過，人老了，什麼也沒所謂，但，一定要保持清潔，真的一語中的。居住的地區，本來還是頂清潔的。每清早總是清潔大叔大姐用大竹掃帚掃地上的落花落葉和種子，跑步時見他們停下手等我走過，我輕輕鞠躬，是想說：感謝你了。但愈來愈多人出來遛狗，大小便就在燈柱、轉角、樹旁等地方解決，有的還會用報紙拾起穢物及用清水灑在便溺上，然而總有人不顧一切，以致街道上的不潔物叫人愈來愈討厭養狗。住的地方不潔就很想搬家。

還有更叫人煩惱的，突然有一天，家居附近變成一個大工場：地鐵新線在此建造，那種不潔，已非路面，而是空氣，還有聲音，真想搬家。生活於我，只求乾乾淨淨，是否「身光頸靚」於我並不重要，住的環境乾淨，自身保持清潔，每一天都可以好爽，這個爽字，對我而言，重要極了。

夏天，衣櫃中有摺得貼伏的T恤，每天一件，乾爽清潔，穿在身上，天氣怎樣酷熱，我還是熬得住。生活上的吃，近年也清簡了很多，一兩個苦瓜，切塊與小鮮魚煮熟，已是美味的一餐。是很怕內容複雜炮製成的菜，將這些食物嚥進肚子，我怕肚子邋遢死了。真的，一切簡單、清潔、安靜，就算寒素一點，也甘願了。

2010-07-16

初試啼聲

小孩子天生有一副愛跟人拗撬的性格，工人說沖涼了，他總說：稍遲一點吧？要他做什麼，很少立刻答應，必定推遲，later，later敷衍着，一次又一次。不知是否遺傳了小媽子反叛的性格。小媽倒有獨家教子之道，你出張良計，我有過牆梯。某天吃早餐時就一本正經跟他說教：媽咪是boss、媽咪是大人，你年紀還小，得聽我的，不能事事唱反調，時時不聽話，知不知道？他一臉細心聆聽的樣子，不發一言。

好像明白了。然後有一天小媽偶爾聽到兒子對着手執的兩個玩具公仔用「角色扮演」對話：Mummy, don't say any more, I don't want to argue——No, you must listen, I am an adult, you are only a boy。

一個三歲小孩子的言語能力，確然匪夷所思。小媽靜靜的偷聽，再向我們報告，每一事都叫人驚異，想到為何自己這一代從小學到大學，學足二十多年英文，都不及小朋友的初試啼聲？小朋友三四歲可能是人生最能專注的時段。吃飯飲奶遊戲之餘，大把時間剩下，記錄了大人的說話，再行重播，那有何難哉？

單單只是為了學習，我們都很想回到孩童時。什麼最難的語言，都易如反掌，即時上心上手。嗯，我的童年究竟學了什麼？

2010-07-18

熱鬧與寂寞

無論生活怎樣簡單，也總有每天的日程表，如果有工作的一天，怎過？沒有上班的一天，又怎過？像一位從圖書館管理的工作退休下來的朋友，他的日程是怎樣的，很是好奇，總不會把他專業打理圖書的工作移到自己家中來做吧？那天就拿這個問題請教他，他說，那你就跟我一起過一天的生活，那便會清楚了。

他的生活真的簡樸過人：書店、影碟店，是他逛街必進之地，回家伏案，寫影評寫電影故事、整理電影資料，再讀幾章大塊頭名著的書，撥一兩個電話，一天就這樣打發了。這是平凡的生活，不平凡的一天，則是看了一部好電影，如同吃了一頓好飯，足以回味一周，跟他在學院的會所喝咖啡，我也可以享受到他的清閑與自足。

相對於他，我的生活比他雜了一點，但那基本調子大概還是相近的。只在內容上加上了我的一些庸俗娛樂吧：像打麻雀，像跑馬，像「為食敢死隊」，像泡酒吧。換言之，他有的是益友，與我的損友比益友多的日程是有點分別的。不過，我們都有很多孤單一個人的習慣。似乎一天之內，One Man Company 的時段也頗為愜意，不一定非呼朋引類、填上喧鬧不可也。日子有熱鬧，也有寂寞。熱鬧有時也不一定是真的熱鬧；寂寞有時也只是空氣，人的心，往往仍是充實的，我可以這樣肯定說。

2010-07-20

悲哀的童話

朋友離世前，追求的是中年人的童話。這是我近來一大醒悟。他已經不在了，我當然不能向他求證，但再翻閱他寫的一些作品，愈發覺這個推想十分可靠童話之所以可貴，是一份真摯無邪的感情。那時節，環繞在他邊的人和事，卻充盈了計謀、策略。名和利的賺得，非用計不可，他日常的工作，本是一個文學的天堂，但公司要他面對成本和盈利，他苦無計策，而且縱使有人獻計，他也感覺恥而為之。

那時節，我是剛剛脫離了文藝，走進商業世界，他已經視我為叛徒，更何況我偶爾還在酒吧中苦勸他，叫他面對現實，建議他作出妥協。對於一個詩人來說，原來這是痛苦不過的事。今天，我終能明白，他是一個徹頭徹尾的真正詩人，跟我過去認識的詩人相比，只有他，才是一個不失赤子之心的詩人。

在童話式的一段不長的感情生活中，陪伴他的，是一個在酒吧中工作的灰姑娘，這是他童話世界中的女主角，他對她萬般憐愛，他把所有生活的內容都織在她身上，他每一首詩，都寫給她，傾注至情。就像安徒生童話的下場一樣：無聲無息的悲哀襲來。童話的故事救不了美，成不就英雄，但卻忠於真誠的關愛，藍馬店的往事惹人唏噓，一而再，再而三。

2010-07-22

新的開始

四處講學的日子恐怕很快就要結束了。同事說，全日講師教時不足，半日講師要讓位了。這陣子，大學經費捉襟見肘，我們這些被目為「賺錢買花戴」的老先生，還不乖乖退下？

消息傳來，如同一盆冷水潑來——方知道，這三年來，還在做着大學教員那個夢，直至此一刻，才叫做真的醒了過來。

看來真的要開一個家庭會議，告訴每一個成員：老爹這次真的「四大皆空」了，往後，再沒有什麼可以拿出來給你們了，這可能是我人生中的第一次閉關。

至於閉關做什麼，那我會自己安排，至少，生活上的諸多動作，我將銳減，減到一個跟從前判然有別的不同。這是人生一次最大的調適，我初步認為，那將是一個從物質走向精神的境界。

過往，朋友都知道，我的通俗社會的屬性不可謂不多，從跑馬到喝酒，到與一撮豬朋狗友月旦天下，以致生活不時顛三倒四，這反映了我是一個俗不可耐的凡夫。我這種從不計劃的每天生活看來是要告別了，我告訴自己，我不再玩跑馬遊戲，也不再豪飲，我將會過一個樸素清簡的生活，我也不會動輒與人交惡，我會回歸自我，回歸一個真的我，而且，我行我素。

2010-07-24

又見紅女

第一次在熒幕上看她做廣告，心裡已說：紅啦。只知她會紅，卻不知她賣的是什麼廣告！不會是叫人過馬路要看紅綠燈吧？

大街小巷，近日都是她的「肉照」，一開始，從第一天過馬路脫外套脫到今日，身上的布料愈來愈少，身材的誇張也誇到一個據說應該用噴血來形容的程度，你覺得噴血，我倒覺得噴飯，這樣的女人，赫然是今日最能賺錢的嘅模。

某教會大學也出了一個超級嘅模，她的名字前面，還冠上大學之名，是以特別叫人醒目難忘，大學也與有榮焉。

香港，可以賺錢的，不論軟件硬件，一定得向她們學習：例如巧妙包裝，加上「谷到盡」，必可紅透天下，所向披靡。

你們要將我逐出書展門外，沒這麼容易，書不可能是主角，顏如玉才是主角，人氣是驅之不去的，看，書展的主人，今年又是她們，而且樣子比去年更可人哩！

看着這群天真可愛的靚女，我覺得她們是很快樂的，當然，她們後面的人會更加快樂。

錢的收入自然是快樂的主要來源，但她們自己，不必想太多，只想想人家有天才，而自己有身材，那種自足和自信，就足以快活一輩子了吧。

是的，活着，必須自信，否則一定活得不快樂，每個人都得自己問一問：我的自信究為何？

2010-07-26

目送的一刻

現代的父母，對子女缺乏了解。他們把生命帶給兒女，但隨着日子他們日漸成長，有幾多父母在思想上與他們的子女有所溝通，能夠明白孩子的想法、孩子思想的變化？

看來很大的部分，他們只能做一個個目送兒女離開的父母，孩子終要自立，目送孩子是必然的過程；但父母要想一想，就在目送的一天，你是衷心知道他是怎樣的一個人嗎？你目送他離去，你知道：他是可以的了，對他未來的人生，雖云你所知甚少，但你自問他已經有了自信，也有一定的能力，他認識四周，也認識自己，你大可放心，其他，就由他去闖了。

這樣的目送，是放心的目送。

長大了，你才赫然驚覺，到目送他離開的一刻，你發覺在你心目中，他還未

「畢業」，你沒給他什麼，這些日子裡，你只貪方便每年每月每天都代他做、代他想、代他感覺，你對兒女的愛只做了這些，你沒好好地給他一些鍛煉和實踐。然而，突然有一天，你被迫要目送他的離開，你在他身後，看着他的背影，感到後悔，感到沒有盡父母的責任，你還有一種擔心，大海茫茫，他欠缺了指南針。現代人做父母，吝嗇給兒女指導，生活上他們有很好的意見給員工、同事、朋友，就是忽略了自己的兒女，時間上亦然，給兒女的時間只視為自己在休息，沒想到，孩子很快就要離開你，獨闖江湖，到你目送他離去的一刻，知道已經遲了，逝去的不可追回。

2010-07-28

忽然爆發

弒父娶母的希臘悲劇，原是天上的神給地上國王的一個悲劇預言，且看文學家怎樣曲折地表現這個故事，且看瞞在局裡的伊底柏斯王怎樣一步一步跌入命運的播弄之中。

現實中的殺母殺妹事件，一下子便給人消化得乾淨。精神病醫生解說得最簡單不過：「突然殺人」，殺人的時候是一個人，殺前殺後，又是另外一個人，很容易叫人聯想到希治閣的一部電影：《觸目驚心》——一個人同時擁有兩個身份，一個是長期活在母親權威性格下的兒子，一個是對兒子全面控制的專橫惡母。有雙重人格的犯罪者，往往自己並不知道自己殺了人，犯了罪。是以專家分析，這個十五歲少年的暴力行為，應該是人格分裂的精神病患者。過去，這城市的精神病患者，我們也不是未碰到過，分別只在於病情輕微還是嚴重，是外露抑或收斂，不要笑街上胡言狂笑的病患者，他們對人沒有危害，但嚴重的、內斂型的患者，他們潛伏在人與人之間的生活之中，忽然有事發生刺激起他們的心，遂爆發怒火，無可自制，或殺人或自殺，形成社會大悲劇。

人一生的流程，都不停受着精神刺激、精神抑壓、沒機會紓解、開解、釋放之餘，發病的機會，一步一步的添增，直至一天爆發：人便只曉得奇怪不解地說：怎會如此？那是沒可能的事啊！

2010-07-30

記高水平語文

阿珍罵旅客的那一大段話，已經成為我優秀語文珍藏的一部分，教學子寫文章、說話，此係楷模。對不起，近日本人與朋友交談，口中不時也溜出珍姐的名句：「你這輩子不還，下輩子還是要還出來！」對了，這兩句話最好跟我的學生講，跟我老友記講，甚至跟我的女兒講，他們肯定俯首稱是，默默無言，至少可以代替昔日常用的爛句：你欠我的，太多了。珍姐還有名句說：「在家裡窮也就罷了，出來就不要這樣！」

這句話的妙處，不止於構句，而在於裡面所藏的人生哲理。我聽了這句，就立刻覺得是珍姐「塞錢入我袋」，本來，她這句話目的只在於叫旅客「從袋中取錢購物」，以便塞錢（回佣）入珍姐自己袋。但讀者諸君，珍姐這類金話，充盈人生智慧，肯聽者一定對自己的人生處世，有莫大裨益，絕對是「塞錢入我袋」也。全篇

「致訓詞」即使找香港才子來寫，也一定寫不出來，但珍姐心有不平而形於言，句句切中時弊，點示社會深層問題，而且語言流暢生動有力，一語中的，以我教語文三四十年的經驗來看，這是最好的示範之一，直足以貼堂，讓語文水平日漸下降的香港學子，讀讀真正高水準的文章和講話，好好學習，珍姐，多謝你！這是真心的感謝，你的話永記在我的語文珍藏中。

2010-08-01

基本生活圈

結了婚，已生了孩子的學生，而今已成朋友，每隔一段日子，總會找我吃飯喝酒，不亦樂乎。這種友情非淺的學生，見面通電仍然老習慣叫黃生，漸漸，已改不了口，據說跟老公提到我，也是叫黃生，而不直呼名字，真拿他們沒辦法

最難得的還是，一些還加入我的「基本生活圈」。偶有機會，我跟文鴻、創楚、錫輝、永圻吃飯，也叫她倆來吃，大家一樣愉快，毫不見外。

朋友的奇妙處是：我的朋友不能是她的朋友，但我的朋友有一些又可以是她的朋友，就這樣，生活變化多端，人生充滿樂趣。

好朋友最叫人感動的是永不計算。像昨夜，約了晚飯，兩家人從大埔居處驅車到九龍城的創發飯店，時風大雨大，我則由學院坐的士五分鐘輕易抵達，他們又堵車又風雨坐足一小時車程，愈想愈感內疚，真是。

她的孩子，還有他的孩子，新一代紛紛登場，年紀跟我的孫子相若。他們談孩子，我談孫子，大家各有「兵法」，一夜胡論，其樂融融，真的幾生修到。

隔一段日子，大家掛念大家，不出來吃頓飯是說不過去的，見了面，大家都快樂好多。臨走時，還要說，下次我們燒烤好還是火鍋好？再不，中秋前來一次大閘蟹宴又如何？

2010-08-03

閱讀的零食

朋友退休下來，問他生活上有何新意，是否開始登山涉水，是否開始著述，抑或閉門寫自傳，反映自己所處的現實世界？朋友只笑告我一事：近日沉迷於網絡世界，發覺妙趣橫生云云。

他偶爾進入的一個網站，發覺裡面記述了不少我們熟悉的人和事。而網站的主人，正是我們間接認識的一位朋友，是以讀他的往昔記述，如同重溫着我們逝去的黃金歲月，而且用他人眼中看，別有一種角度，可資反思。

就這樣，我與朋友見面喝酒，就不時吃了這些生活上的零食。這些零食，是下酒物，但更多是我生活的樂趣，有了這些東西，生活不愁寂寞。像剛才他提及的網站，也叫我多讀了一本書似的，我愛吃這閱讀的零食。尚書房內的內地雜誌，現已不止於《萬象》、《讀書》、《隨筆》等文學性品種，影視性品種一下子連同影碟邊讀邊看，也是我的生活的零食。

日前到天地圖書公司購最新亦舒散文一部，在咖啡時間懷念前輩，展讀一兩小時，略悉其近況，這也是我的閱讀的零食。

近日最期待的閱讀零食是李商隱的詩，全港的李商隱論著都讀過了，很想到上海書城走一趟，開拓李商隱詩的新見，想也想不到，李詩也變成了我生活的零食。

2010-08-05

漂亮的示範

每年講香港文學課，必讀《酒徒》，必考《酒徒》。我們的學生也知道，《酒徒》是香港文學一部分，而且是重要的篇章。

而今，《酒徒》搬上銀幕，而且是由一位首次執導、有無限熱誠的電影熱愛者、影評家的黃國兆來演繹，叫人期望甚殷。

吾友舒明（李浩昌）電傳他的影評《酒徒》印象給我，因為他知道我剛在碩士班講過小說《酒徒》，又說過《酒徒》拍成電影，絕對是一件不容易的事。然而，舒明看了黃國兆的《酒徒》後，回來大聲說：改編香港文學名著的電影不多，而《酒徒》是一次漂亮的示範。

他力言黃國兆十年磨劍，終能把「中國第一部意識流小說」忠實地搬上銀幕。又強調未讀過劉以鬯先生原作的觀眾，看過電影後會產生閱讀原著的衝動，而曾經讀過小說的人，觀此電影後也有再一次翻閱《酒徒》的想法。舒明之見，看來絕非為捧場而說的。

聽着聽着，我的心已飛了去黃國兆的電影中去。是夜，電影沒得看，唯有從書架上取下發了黃的《酒徒》小說，又再一次細讀劉以鬯的意識流了。

酒徒的故事裡面有一個舊香港的文人，我常常覺得那不是王家衛電影中那個黃色小說作家，但黃國兆怎樣寫這個舊香港的中年作家？既要賣文為生，又抽煙酗酒度日；既寫黃色小說卻又熱愛文學……

2010-08-07

《酒徒》走過半世紀

《酒徒》一書，是寫一個因處於苦悶時代而心智不十分平衡的知識分子怎樣用自我虐待的方式去求取繼續生存。作者劉以鬯如是說。

但那是一九六二年前的話，距今天足足有四十幾年，差不多是半個世紀了，就在今天，《酒徒》搬上銀幕，也由香港人執導，此刻重溫作者寫作此書的當年心語，頗多感慨。

這篇寫於一九六二年十月在香港北角的序文，今已成兩頁發黃的紙，一本走過半世紀的書，捧於手中，怎無撫今追昔之情？更何況，七十年代初劉先生在星島日報主編副刊，有幸得到他的垂青，以林津筆名開一小欄，初寫雜文。

那年頭，已從劉先生的寫作中，學懂「娛樂別人」和「娛樂自己」的兩種不同的寫作態度。當然，我卻是別人和自己也娛樂不到的一般貨色。

而序文中一開始的一段話，頗見弔詭。他說：「由於電影與電視事業的高度發展，小說家必須開闢新道路。」也因此，他在這小說中用上了意識流和內心獨白的寫作技巧，但就到今天，電影導演卻來演繹他這種寫作技法，將之拍成電影。當然，《酒徒》當年是棄寫實主義那種表面精細、由根寫到葉的創作技法，而採用了探求內在真實、將一幅複雜的心理描繪出來的現代主義手法，《酒徒》在香港文學創作史上，就這樣奠定了它的地位。

2010-08-09

陸離與文道

不見陸離一段日子，今早讀某報副刊，赫然見有她一篇兩千多字的文章。還知道她去過書展，聽了韓寒的演講，又知道她為了「認識」梁文道，特別定時看《讀書好》梁訪問、讀梁在某報的專欄、收看「鳳凰衛視」梁的書介及買了今年一月版的台灣版《我執》。於是，一連串的認真「認識」梁文道「運動」（陸離很少這麼勤力的），方有剛才上文提及的二千字文章——《淺談梁文道》的出現。一切都是書展惹的禍（但對我這個讀者來說，卻是福了）。不，應該說，一切都是因為韓寒而起。

過去，能夠得到陸離垂青的人（隨便舉例：杜魯福、舒爾滋、黃子華……）是絕非偶然的，而這些人得到了陸離最投入和最貫徹始終的捧場，且終生無悔。這一次，該是韓寒（對不起，陸離，且讓我這樣推想）。韓寒在今年書展中說過的兩句話，事後在傳媒的熒屏上一再曝光：一句是「我最想見張栢芝」，一句是「梁文道的文章寫得很好」，陸離在現場，很清楚這兩句話是在怎樣的處境下「答」出來的。對陸離來說，「張栢芝」一句她不關心，她只用此句來旁證「梁文道」那一句。陸離就因了此句，要還梁文道寫文章的一個真貌，她要探究的是：一，韓寒並非真的認為梁文道的文章寫得很好（在兩個作家比較之下，韓只選了梁文道而已）。二，梁文道的文章，也許寫得流暢，但錯漏之處，實在不少，值得大家留意。陸離的話，值得撰文者反思再三。

2010-08-11

維榕與繁光

為醫的愛心，盡顯在李維榕博士和曾繁光醫生怎樣看他們的病人上。現世紀人類，誰不有病？在家庭裡，愛不得其法，不同的病漸漸顯現，那多是人性的病。因為善良而生病，變得不善良，因為愛而生病，衍成了恨，李維榕的「家庭學」把家庭成員之間的心結一一紓解，還我真情，回到真愛，使情和愛得到最佳的歸宿。

難得李維榕的妙筆，在報上把個案細訴，絲絲入扣，讓讀者得以閱讀人的啟悟，也就是體察了自己，也叫自己得到啟悟，一個大團圓結局的個案，在今日社會中帶來了不少感動和欣慰。

同樣，精神科的曾繁光醫生每天的專欄記述了他跟病人的生活實況，這是我每天撫慰自己心靈的良藥。讓我明白到：一個人得以精神健康，並非必然，因上帝並沒有如此許諾過。但上帝卻叫人相親相愛、互相幫助，唯此，人的精神健康，方有保證。

你且聽聽曾繁光怎樣在他的專欄中說：「我愈來愈喜歡深水埗區的小店鋪，那裡可找到一份濃烈的人情味。」他要離開診症室時，還再次回來跟我握手說：「醫生，你有點像我爺爺。」隨便引了兩句，你聽到了吧？這就是精神科醫生濟世助人的「絕招」，也就是最平凡不過的「無招勝有招」，把現實人生最缺乏的感情拿出來，人還那有精神病？

2010-08-13

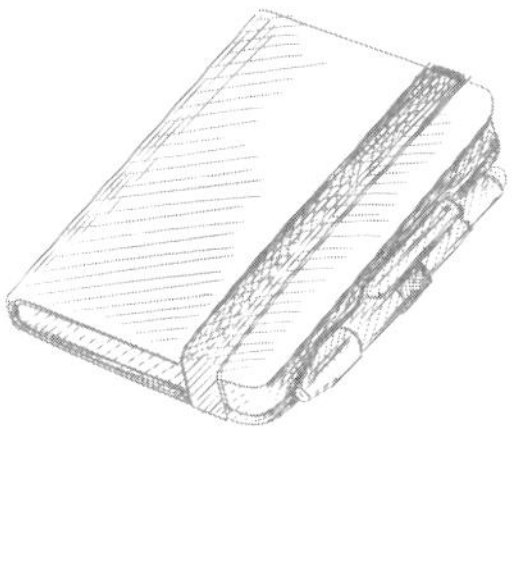

怎過日子

在一大堆書中東翻西找，目的只是查看一些自己心儀的歷史名人，在他們退休的生活，或說是他們老去之後的日子，究竟是怎樣過的。向晚的歲月，這段人生該如何把握才是？

歸結原來確然簡單。手頭幾個例子，不是要再闖天地就是享盡清閑，前者繼續努力用功，鄙沒世不留後名；後者則真的拋卻名利，天天清閑養生，率性而活。說退休後是人生的第二波，要好好地集中做妥一件事，讓這件事成為一生中最得意稱心的事功，為一己人生劃上一個優美滿足的終止符，也是自己最滿意的墓誌銘。晚年智慧，合該用於此吧？

另一種生命的形態，卻認為追求生命第二波的人太累了，退休下來，就是什麼偉大的事都該謝絕，以前做不成，退休後更做不成，萬勿高估退休後的生命力，抱着「宜將剩勇追窮寇」的人是大錯特錯，「剩勇」的餘暉該以為自己而用而不該用於社會，事功型的人是中了傳統士人鞠躬盡瘁的遺毒，退休人的生命形態該為自己譜上歡樂的色彩而不是血染的風采。我的退休，竟把每日的時光東翻西讀，翻讀起古今退休人士的退休觀與生活模式，發覺生命的秘密和人生的樂趣，恐怕這樣去做無意義的事對於我這個毫無意義的人來說，真是貼切極了。

2010-08-15

往事追思

在年輕歲月裡，因為年輕，少不更事，讀書感悟，常常知其一不知其二，悟其三不悟其四，貽誤一生。

是以總覺得，昔日的生活，永遠是學習，不斷的出錯，到今日方有收成。但歲月已蹉跎，今日的徹悟，便只能是滿足思想上的空谷，於生活實體卻無關了。

比方說，昔日為了強調人生理想的追求，竟完全漠視了物質生活的基礎，換言之，就是嚮往上層建築的人生境界，而無視下層建築的生活必須。最顯明的例子，就無如對「四子主義」的兩種不同態度了。

唸大學時，讀書於農圃道的新亞書院，大學當年風氣，是一登龍門即成天之驕子，追求人生必從「四子」..屋子、車子、妻子、兒子。有此四子，大學生的理想，至此夫復何求？自己當年是知其一不知其二，理解「四子主義」為滅絕了年輕人為社會貢獻才華、但求一己富貴榮華的自私人生觀，卻不知四子主義有其鞏固個人經濟基礎，進可兼善天下，退可獨善其身，確保一個健康的人生，也確立有一個安穩的家庭。四子無罪，何用鞭撻？

往事歷歷在目，不同的人生取向今天便一一自我回饋了，一個數十年前的謎語，至今天終於揭開謎底，誰的路走對了？誰的最具謀略？誰的徒具空虛的口號？誰的只知其一而不知其二？

往事追思，讓人生思考積累所謂一分收穫吧。

2010-08-17

寂寞的場合

每年總有一些舊同事來電郵，邀約敘舊，第一次總難推辭，第二年，決定找藉口推了。

這類聚會，場面悲壯，由總經理到小文員，筵開四五席，把昔日大公司上班陣容重現你眼前。時光倒流三十年，是的，不是三十年這麼久的時光，怎想到要重溫舊情、重現舊場面、再認舊關係？人生有幾多個三十年，三句記念，怎能不到？到了之後，人人都說，該每年聚一次面，珍惜這份難得的賓、主、同工之情喲。

於我，什麼情也是沒有的了，只剩下一種，名叫友情。大公司員工過千，誰是老闆，誰是下屬，今天全不重要，當年關係一了，今日再來確認，又有何意義？何況這類工作上的關係，並不能自動轉化成為朋友關係，則重聚又何必呢？第一次尚可聚一聚，這也是基於要見幾個三十年來未曾謀面的朋友和好拍檔，受過別人的恩，領過人家的情，見一見有其必要啊！畢竟真的是朋友，而不是三十年同一公司的員工就等於是朋友。

時間不能濫用了，人到這個年紀，再浪費時光不只是浪漫，而是對不住自己。反而，把握這一晚，回家讀一本書，意義大得多。收到這樣邀請的電郵，我總是找藉口閃避，也不用言明，反正人生寂寞，時間多的人愛在人群中鑽，以此消解失落。我呢，對不起，這種場合對我是最寂寞的了。

2010-08-19

飢渴之夏

閱讀最叫人百感交集，也最叫人動腦思考。排除了讀，人雖還在想，卻是想着無謂的事、無謂的人生，變成一個無謂人。因此，不想做無謂人，還是用更多的時間去閱讀吧。

很少這樣飢渴地讀，每天躲在斗室，在學院的空調下肆意地讀着買回來的書刊，每讀一段時間，也讓眼睛暫離密麻麻的字，用簿子記下一些感慨、想法。窗外，有時響着旱雷，有時橫風暴雨，有時艷陽高照，我還是留在斗室，飢渴地享用着一日的精神之糧。

尚書房擺着十多本韓寒的著作，這個夏天，韓寒成為我的老友記。用「點指兵兵」方式點了一本回來，寫得真好，陸離的選擇，雖云很感性，但卻不會叫人失望（唯一的一次，恐怕只是黃子華），我率先用他主編的《獨唱團》作為開場白，得出結論：有怎樣的主編，就有怎樣的文章。

我於是又想到，為什麼香港出不了一個韓寒？為什麼不可以出版一本《獨唱團》？這裡面，感慨多矣，像香港藝發局資助的《文學評論》，編得不錯，但就是欠缺了《獨唱團》一類的具有冒險性的旅程。至少吾友就不明白，余光中寫的確是精品，但一再撰文稱頌就叫人膩了。

文學提供冒險的旅程。我幸福，因為我飢渴的眼睛看到他人的理想，而這些理想，在我看來，都極具冒險性。

2010-08-21

回歸書和電影

吾友退休後，回歸電影懷抱，當一切都隱隱然不屬於自己的時候，電影仍是他唯一的歸宿。有一次他向我討回田中裕子的《何時是讀書天》時，我笑問：寄存於我處或放回你家中究竟有何分別？往後的歲月，我們這些「心頭好」將歸何處？這才是一個問題喲。

說的也是廢話，就是他繼續購買他的影碟，我繼續購買我的書，斗室中滿是這些最終要妥為安置的負累。沒法，一日在世，就要它們作陪，它們是吾等生命的點綴，是藍天下的朵朵白雲，沒有了，就成空白，也會孤獨。

於是，又忽發奇想：老來賣舊書又如何？找一個僻靜的小地方，租一小店，闔興乎來。在店內又為人寫書單，要達到怎樣的目標就該讀畢某一批書。這份有如中醫師開藥的書目，是否真的能醫學問上的百病、滿足精神上的安慰、應付社會上的需求？何妨由「鄉間一書翁」來試試效能？

以此奇想告吾友，共謀一粲，並謂「一人電影學院」，閣下優而為之，此「銜」既「自驕」復「自謙」，因電影學院就是他，而他也變成了一間小小電影院了。誰要取電影指南，他必能滿足所求，甚至誰需要人生慰藉（較高層次慰藉而非慾念者），他也可以教你看哪一套戲，看戲紓解人生鬱結，讓大導演指導你，使你脫離苦海，大徹大悟。

2010-08-23

愛粵劇者言

學院內的粵劇文化漸見勢頭，前一陣子阮兆輝於理工大學擔任駐校藝術家，又教又演，使文化推廣活動再向前邁進一步。

更見趣味的是，幾位語言學教授自組小劇社，操曲、演出，在教學研究之餘，粵劇已成為生活的一部分。朋友近日力薦即將公演的大型粵劇：《德齡與慈禧》，認為這齣脫胎自現代話劇的粵劇，很具創意，值得捧場，對香港粵劇的文化，此劇該有一定的推進。

一些粵劇專家指出：此劇由羅家英導演兼粵劇劇本改編、並由演德齡的謝曉瑩君任劇本改編助理，使劇的曲詞文采斐然、對白亦具內涵，值得欣賞。

另一個創意是：慈禧時代清裝及西服於中土已同時並存，為適合時代背景，服飾別運心思，且捨揮袖等大動作而就現代話劇的舉手投足演唱片，叫人耳目一新。

在粵劇的傳統與現代上，既承傳也突破，值得耽愛粵劇的朋友關注。

眾所周知，汪明荃於粵劇，情深一片，這次演出慈禧一角，與年輕一代的粵劇新秀如謝曉瑩、李沛妍演德齡，各展功架，在台下的觀眾肯定可飽眼福、耳福矣。

這齣講紫禁城日落的悲哀的大戲，九月八日起在沙田大會堂開鑼。愛粵劇的朋友，焉能錯過？

2010-08-25

長風三十年

收到司馬長風妻子王篆雅的贈書，才知道王篆雅就是曾在中國學生周報文藝版編輯的盛紫娟女士。厚厚的《司馬長風逝世三十周年紀念集》除錄有司馬生前各類文章，還有不少生活照片、親筆書信、與及朋友的悼念文章，我一頁頁的讀着此書，時光仿如倒流到一九八〇年前司馬還在世的日子。

前輩生前事跡，無愧其短暫的人生，尤其最後的兩年，抱病寫作、演講，身體已患上重病卻連醫生也不知就裡，一天一天的在死亡邊緣中耗盡身心。讀盛紫娟《司馬長風之死》，很叫人扼腕、無助，只覺天意弄人。

三十年來，司馬長風的遺孀養兒育女，今天兒子和女兒都成材了，她二〇〇〇年退休，開始整理先生的散文雜文。

盛紫娟此舉本旨在為女兒整理她父親的作品給她看，但想到只整理給一人讀，總不及出一紀念集，讓長風家的每一個人都可以讀。盛女士更指出：司馬長風的朋友、讀者、學生，都可由這一本從生到死的記錄，對他一生的悲歡離合、喜怒哀樂，以及謎一樣的身世有一了解。二〇一〇年的今天，此書終於出版了，沒有盛紫娟女士此一心意，就沒有這一本書。

沒有這一本書，香港文學六十年代到八十年代的記錄，恐怕就大為失色了。我想告訴盛女士：這書極有價值。謝謝你的饋贈。

2010-08-27

中間就是愛

回顧司馬長風三十年前遽然離世，只不過是為他的遺孀這三十年來的堅強表示一份尊敬，這是一種夫妻間的濃情，高貴而深厚。她為丈夫出書是三十年祭的紀念，我則是一方面憶念一位青年導師、一位香港文學作家，一方面是向他的夫人致尊敬之意。

紀念集中司馬長風的生活照片及私人書信，充分顯現了他對家庭的重視，對一雙小兒女，對自己的妻子，百分百是一個唯情主義者的自白，誠摯感人。也因此，君以真愛待人，人亦以真愛待之。三十年的異邦生活，盛紫娟默默地養兒育女，到了今天，還不忘為丈夫編輯一本紀念文集，此份夫妻情誼，怎不叫人動容？她在「編者介紹」中自述：「為能找到工作餬口不惜活到老學到老。」很明顯，盛紫娟有她自己的故事，這堅強不拔的故事，除她自己，又有誰知悉內裡實情？要知道，這是三十年的歲月，面對整個世界，她只有獨自一人。也許，司馬長風的好友，如談錫永等前輩，也許會送上幫助，但長期的生的戰鬥，就只能靠自己了。

所以說，夫妻之間，最叫人煩惱的：是誰先離去的問題。誰也知道，先走一步的，便什麼也不知道了：留下的一個，要獨力背負一切。願意不先走一步的選擇（如果可以選擇的話）畢竟是艱難的決定。

2010-08-29

記着一份情誼

幾位昔日同系的教授與職員，連同三四舊生，為我安排了一個小小生日飯局。家人還未為我慶祝，舊人先行一步，心裡總是忐忑，為什麼驚動了他們？生日，該靜靜的過，好好去反思一年的作為才是。

想起來了，這樣的一年一度指定動作，好像已有七八年的記錄，我應該感激。同事與學生，在我半生中，真的很多很多，偏是與他們，有一份情誼在，對我的厚愛，在在叫我慚愧，我心內想到的，除了感謝，再無別個說法了。人之對我，我之對人，也想到我有這樣對我的好朋友、好同事、好學生嗎？沒有啊。偶一為之，即興熱鬧一次，不能說完全沒有，但像他們這般對我，慚愧說真的沒有。這種慶祝，我以為永遠是屬於家庭式的：父母、夫妻、兒女，除此之外，誰還會惦記着誰的誕辰日子？說他們是我的生命摯交嗎？又不是。而我的生命摯交又在哪裡，他們可知道這一天是你的生日？不會知道，我也不會告訴他們。然而，就是這八九個人，包括幾個小友，偏偏就每年記着我的生日，每年到了這個時候，總會來電問：今年我們在哪兒吃飯、慶賀你的牛一大日子喲？

飯吃了，也領了你們的情，卻不知什麼時候可以好好的還情於你們？真的，人生除了摯愛的親人之外，確然存在着人與人之間一份合得來、談得來的友誼，直逼永恆。

2010-08-31

又看《紅樓》

生活中有幾個朋友可以坐下來閒談讀書話題的，今時今日，實屬奢侈，我幸運，我還擁有這樣的知己三四人。一般朋友見面，偶爾話題觸及閱書，一句起，兩句已經收止。沒辦法，他們都是高明人，名家一出口，一兩句便知有沒有，怎有可能跟你細論？

像一生最愛《紅樓夢》的朋友，趁大學放暑假，又再重讀了紅樓。還看了內地最新的紅樓電視劇，我與君一席話，似乎找到一位紅學專家，但又不是那種「虛張聲勢」，沒事也說到有事的那種「誇大詮釋派」的專家。近日讀紅樓，很着意讀八十回及八十回後的文字差異，一提這一話頭，朋友的口似開籠鳥的口，說個不停，意見極見心思。

對電視劇朋友也有心得。比方說到黛玉之死，編導何以讓黛玉赤裸裸的嬌軀

（當然蓋上了毛巾）呈現觀眾眼前，而不是平日穿上彩衣的黛玉？我們統一的看法是：赤裸裸的來，赤裸裸的去，何其平常？何其真我？誰從中看見色情？誰從中覺得不該赤裸？朋友真性情中人，黛玉死時，竟又一次灑淚了。

電視劇產品潮流與「穿崩」。新三國劇畫面出現直升機，如同我們的粵劇演出時，梁醒波演的古裝元帥手戴金表；但《紅樓夢》卻未見有人圍攻，對編導陳少紅是不是應該敬禮？

2010-09-02

驗身折騰

朋友勸了我好幾回，說：「來吧，住一晚醫院，從胃、肺、腸、肝，全面檢查一次。」他說的，是用「小手術」來驗身，譬如照胃照鏡，就要墜一條小鏡入胃，驗腸又要先清理腸臟至乾淨無物，在在都是「手術」。

我的看法是：沒事，何用冒險？有事，就是及早治療，以防病情進入末期而欲救無從。我認為一旦有患病訊號出現，就應該及時醫治，若否，身體表面平靜的話，就不好去騷擾它吧。

吾友的經驗，可說是一次「驗身大折騰」！他不知何故，因着陪妻子驗身，自己平日又喝多了啤酒，便順道看看肝臟是否健康。誰知照超聲波的結果顯示，肝臟似有小洞若干。大驚之下，遂一一聽醫生指示，未輪到醫院肝臟專科進行細緻檢查，最後轉介到中大肝臟專科檢驗中心，以乎還未能判定肝臟是否有問題，但時間已花了足足半年矣。

如此折騰，恐怕最後也是「吉多凶少」吧？我告訴朋友，若是吉，也是值得的，莫說折騰吧。

劉創楚在他的專欄中提及一項調查報告，說每天急步行二十二分鐘，患心臟病的機率降低三分之一，這個調查觀察了七萬多個婦女（年紀由五十至七十九）為對象，為期六年該有一定的科學性。我不接受「手術式驗身」，但我卻完全接受每天必須運動的信條，前面的每天二十二分鐘急步行，除非是日黑雨警告否則我必奉行。

2010-09-04

「廢柴」樂園

朋友退休時，我們請他吃飯，喝了幾杯，大家忽然感慨起來，我們的共識是，大學是「廢柴」的樂園。眼看一個個教學上一無是處的教授，只要有門路，每年在指定的學術刊物上發表了幾篇論文，就得到升級，而且扶搖直上，這類學生口中的「廢柴」，每間大學，大有人在，叫人傷感、憤怒。

這類「學棍」，他們最能明白大學學術遊戲的玩法。這幾年來，以玩票性質到不同學院兼課，碰上不少昔日的同窗，偶爾閒聊到這個大學關節，都有同感，但，象牙之塔的一切，外人又何能得見？

畢竟，對大學的監管也該由大學來做。那即是說：大學教授之中，有沒有敢言的剛直之士？有沒有站在學子、社會的利益上而出來仗義執言之輩？如果沒有，大學裡的毒瘤是割除不了的。因為外間，實在難以看到大學的病毒，只會覺得，每年畢業的大學生，好像一代不如一代而已。

「廢廢吔」的「學棍」或「廢柴」教授當道，再加上廢得叫人害怕的教學管理層（例如由廢柴高層聘任更多的廢柴教授）主政之下，大學能夠出現怎樣的學術風光，那就不能不叫人黯然神傷了。

現在的大學內，有人快樂有人愁，究竟誰樂誰愁？判然有別矣。

2010-09-06

將軍一去

一份我喜愛而且伴我成長的報章，最近副刊大改版，一改，面目全非，不夠五分鐘，已經讀完。在過去，我是至少要花上半個小時至「三個骨」才可以放得下的報紙，今天開始，五分鐘足矣，可以看的，五分鐘內經已讀完。

很多有水平的文章不見了。換上了各種不同的趣味，似是想服務不同的讀者群，每種興趣、每個行業，都想式式俱備，以求面面俱圓。由此，此報的性格，完全「淪陷」，「淪」為各種趣味的總和——每一類讀者都分得一餅——聊備一「餅」，不夠吃，也不好吃！

這些日子，中文報刊，可讀的真的愈來愈少了，每月只能從內地的刊物中尋找一點補充——補香港之不足，但內地的閱讀，又未能大鳴大放，胃口始終有限。這份報紙，以言論平台上的百家爭鳴為本，再配上一些獨特的專欄為副，叫人讀之，耳目一新，這報刊，賣的是財經，但成就的，卻是副刊。只是「將軍一去，大樹凋零」，二〇一〇年後的世界，可能就是如此了，懷念從前了。有深度的言論，對我們何其重要！這一份民間報刊，單看新加入的專欄，平平無奇，就是失望。

《大公》旅遊版刊載祖國各省各縣，由城市面貌到名勝古蹟，在在叫我欲效法司馬遷——暢遊名山大川，親自欲往中國不同城市結緣，只有這些文章讓我每天神思流動。

2010-09-10

恭維的藝術

老友聚會，口水亂噴，言談最多的是互謔——你笑我，我笑你，看誰招架不住，給對方笑到臉黃（為什麼不是臉紅）。

其中談話最富哲理（尤其生活的哲學——包括理財哲學）的一位朋友，他是一個例外，從不謔笑朋友，有的，是衷心的稱讚。不過，他送給眾友的讚美，永遠是高度的誇張，例如說：「冇得頂！」、「一流！」似乎，要讚人，非讚到天上有，地下無不可。近日，他在專欄文章提到「創造性恭維術」（Complimenting Creative）一詞，讀之不禁失笑。我的天，吾友確然是讚人無保留，但毫不吝嗇的讚美，並不表示他的讚語富於創意，反之，他的「冇得頂」和「一流」，用完又再用，欠缺新詞，漸漸，對於他的恭維、受之者並無興奮和快意了。感謝別人，雖然要講藝術，一些缺乏道謝創造力的人，來來去去的 say thank you，實在叫人生厭，贊成道謝有創意，方能使對方感受到你的誠懇和適當，會覺得你的恭維，是特別為他而度身訂造的，別人無法享受得到。一天，跟女兒一家吃飯，吃到一半她忽然說：「跟你們一齊吃飯，我覺得我好幸福！」她這一句話，可列為創造性恭維語，她恭維了座中每一個人，但又非常含蓄餘味無窮，叫每一個人聽了非常舒服，因為她擦了每一個人的鞋。

2010-09-12

大家小集

踏入九月，生活大變：教學生活幾等於零，時間全置於閱讀之上，我的人生開始了自學的階段。

自學須有嚴格的自律。比方說，家中的書，是時候一部一部的進行清理，要讀的，快快讀完；不讀的，趕快送給別人，趁機不作「書之奴」了。

對於新文學作家群，大半生零碎展讀，發覺那是一個無底深潭，讀之不盡。直至前幾天，在書店看到一排為當代新文學作家出版的作品選：題為「大家小集」，我有所悟了。對於這一大群的當代文學「大家」，我們只能讀其「小集」而已。雖都屬「大家」，自己卻無法全部披覽，讀其「小集」，也該足夠。問題是：小集雖小，也該有一個代表性，有代表性就足矣。

以「大家小集」中的《朱光潛集》為例，編者在其「導言」中特別介紹了他們的「小集」理念，展示了小集的代表性：全書六十三篇選文，內容分三輯：一為「青春書簡」，二為「美學拾穗」，三為「生之花會」。「青春書簡」以書信體的方式，寫出其思想感情、治學心得，代表作是《給青年的十二封信》。《美學拾穗》收錄了若干以西方理論詮釋中國文化或文藝理論的文章，也有一些談文學或美學一般規律的文字。「生之花會」則是朱氏的文學隨筆和散文作品，這些文章，作者或細訴懷人憶舊之思，或描述顛沛流離之窘，或抒寫閑情逸致之樂，在在反映了作者的生活思想。「大家小集」是一個很好的當代作家作品系列，從中選取自己的一些至愛來讀，必有所益。

2010-09-14

輝煌與蒼白

購買幾部「大家小集」，從中細察編者的撰文心得，也是一種樂趣。

我讀的是《朱光潛集》、《葉聖陶集》、《蘭紅集》、《郁達夫集》，一天內讀了四個小集，不可謂不驚人吧？不過，裡面很多篇章是溫故知新，下面還有《周作人集》和《沈從文集》等，又不知編者會怎樣寫他的導言了。

如果今天大學還有「大一國文」必修的話，這課程可以設計到學生每月讀一本「大家小集」，則香港及年輕一代在他們接班之前，一定可以受到文學的薰陶，對於他們的人生內涵，肯定不會太膚淺吧。

買一部「大家小集」，而不用在圖書館正襟危坐的讀，又可以任意在書上寫上自己的感言、畫些「眉批」，這樣邊讀邊想，很有意思，一本書在我手上捲曲了不少，如同有了自己的參與，那才是我和書的交往——有親切的感覺，誰要一本永遠簇新的書？

編者說朱光潛漫長的學術生涯，在我們心目中，代表着掠過上個世紀的中國文化人的身影。當然這些身影，不論是身穿長衫還是西裝，都是一顆顆時代輝煌之星，不接觸他們窮一生之力忠誠地書寫下來的人文情懷，那是何等的浪費？只有想到那個時候他們的人生，我們才明白，我們這一代人生命的蒼白。

2010-09-16

餘生閱讀

要清理擺放在你辦公室中的書，甚至家中無所不在的藏書，唯一的辦法是將之消化掉，也就是將書讀過之後消化在自己的腦子中，換言之，將之統統讀畢，則書可以走了，我不必再對之痴纏——棄不足惜了。

一想到我的餘生只不過是負責將書消化，書我兩融——融為一體，我之軀體與書之軀殼，都可放棄，那不是很美妙而神奇的事麼？

不過，人在此時，由於無求，讀書再不為功名為利祿，純然只為自己的餘生——找事來做，如同一些人無聊才讀書一樣，這些人讀書，愛讀多少就多少，讀書如月夜泛舟，野渡無人舟自橫的放乎中流——聽其所止而止，這境界才最高，但我不是。

在我的餘生閱讀卻內裡有一目的，有一心願，名之為「清理藏書大行動」。心中有一個結：凡購回來的書，不願意未曾真箇便忘情，便將之棄如敝屣，成為我人生最後也是最大的憾事。平日沒加理睬，心已不安，在餘生中也不作最後衝刺，還書一個讀法，那就真是太對不起它們了。下了這個決心，你說浪漫也好，你說道義也好，甚至你可以說憐愛它們也好，我是必須要好好的將之消化。窮我的餘生，新書可以不理，舊書不能不清，我已將之列為人生一大責任，今生必須償清償楚。

2010-09-18

掛念着你

近日忙於清理書債，已經疏忽了家人。一日電話有錄音留言，原來是嬤嬤為小孫撥來的電話口訊：「公公，掛着你，幾時見到你？」

立刻飛車到小孫家，見面即飛身抱起這個小寶貝，幾乎想像自己面有淚光。

像我這一代人，掛念着一個人，總不會說出來，心掛着，但卻裝得若無其事，一副淡淡然的樣子。事實上也難於事事直訴，每天要做的事多着，誰有閑心掛着這個那個，誰又有閑心去想到那個這個可能掛念着我？

是的，人愈來愈酷：千山我獨行，不必相送。唐君毅先生也說過：黃泉道上獨來獨往。人生不宜這般多情吧？

然而，平凡人心底裡總會問：你會記掛着我嗎？小孫的掛心只是電光火石的一瞬之念，在我飛撲到他身邊的時候，那掛念已不知消逝在何方去了。然而，我就是感動了⋯剎那的掛心，於我已屬永恆。

那天早上，推了同事的約會，親自陪着他，直到目送他上了學校小巴上學去，心裡頭，覺得很滿足，這一天好像就此沒有白過。

返辦公室途中，我開始神遊太虛⋯想到是否也該發一個短訊，告訴老婆大人、大女兒、小女兒，我掛着你們？想着想着，好像心想了，就已經做了一般。但又想到，忽然的一念，不嚇怕別人才怪？

2010-09-20

市義

此夜，友人論富人為善之道。為善之第一境界，是最高的忘其善行只默默做其善舉，從不以此炫耀於人，即使世人不知，也不慍不怒。

此是善行之最高，亦隱隱然有佛家懷抱，我們可稱之為忘言之善。

第二境，則是未能忘言。為善者會向好友道出一己的善行，好叫一些身邊人能明白我心，莫辜負我為善以補償我心之寂寞。真的忘言，我是做不到了，但我又絕非沽名釣譽，要向世人大鑼大鼓宣揚吾人之善。此一境界，是叫一部分人知之，由他們作一記錄，表示我之善行，已有交代，絕非只會向社會謀財的庸俗財主。

第三境界，視行善為社會公益活動，但諸君要明白這又不是全無代價的「無為」之善。此類富人行善，可用孟嘗君「市義」的行為解釋。孟嘗君門下的馮先生，深明孟嘗君養着食客三千，必有深意，但食客畢竟只局限於孟嘗君府中，齊國之大，平民百姓，何得孟之善愛？於是謀士為孟市義：燒毀欠田租地稅欠債之單據，遂一舉而取得政治地位、社會地位、文化地位，不單裨益了齊民，更以善名傳世矣。可見此境界層次雖非高，卻極具效能，如此有心為善，將善舉推到極致，城中人人稱善，所市回來的義，如同日月之光，照耀全國。

2010-09-22

一套哲學

做一個人，畢竟該也要擁有一點做人的哲學，我們可以說：學做人，要不斷學，而不能學了一段日子，就告訴自己，成了，從此不再學做人。

城中有人板一個，老早就懂得努力做人，不怕辛苦，有什麼就做什麼，終於坐上高位。但也因為自以為做人學問，已經足夠，開始自負，而且養起「自己友」來。自己看自己，這沒什麼大不了，栽培兩三個「馬仔」而已，聊以解憂、方便工作，沒想到在外面的人眼中，卻看到你所栽培的人，背着你做貪圖小利的勾當。這樣，危機來了。如果他仍然不斷學做人，能夠回顧自己過去的成功與失敗，他肯定今天不會再做錯事。問題在於，過去的，他忘記了，現在的，他不再去思量。

「有錢當思無錢日」，那麼，他將有錢下去，永不匱乏。「有權當思無權日」，就明白不可弄權，想到無權時怎受人刻薄，你就不會以權欺人、以權謀私了。

今天眼見一些自己相識的人，一步步走向成功，然後一下子又跌了下來，結局淒涼。我更相信：向自己的從前學習，那才明智，因為從前的自己，是自己的基本，人忘了自己的基本，就搖擺不穩，棟折榱崩，無可挽救。做人哲學、原則，還是要緊記不忘，偶爾的成功，並不永恆，要永遠的成功，必須有一套哲學，終生堅執。

2010-09-24

公關聖手

朋友洞悉世情，是夜談及香港朋友的公關藝術，他充分顯現了在這方面的慧見。

他指出，港人公關高手人才輩出，今時今日本地大機構，莫不重金禮聘一至二名作為公司「公關聖手」，以防公司出了什麼事而不知怎樣面向傳媒。於平日，公關高手「寓兵於農」——做平日推廣宣傳工作；於非常時期，則是排難解紛、維護公司形象的保護神，不設公關的公司，隨時在遇上公司發生危機時不知所措，陷公司於無助之境地。

諸君且看，末代港督在任時，於辦公室設有「哼哈二將」（大細龜），名為智囊，又叫公關，又是文稿捉刀人；今天的特首，身邊一樣有專人擔任特首的「Spin doctor」，究其實，可謂公關專員。再說目下香港各大學，無不設有專門為大學形象「省招牌」、「擋危機」的公關部門，而部門頭頭，不就是「公關聖手」而何？朋友說，今天當上公關，已再不是那種可以翻手為雲，覆手為雨，隨便就可以化危為機、變醜為美的公關聖手。他指出，香港傳媒是世上最飢渴的傳媒，也是最愛揭發陰私、爆其陰毒的傳媒，公關高手在機構犯了錯之後意圖「補鑊」、文過飾非，已絕不容易。

今之公關，只能做到：減少傷害而已，再不能神通廣大地扭轉乾坤了。要舉實例，則舉不勝舉矣。

2010-09-26

公關藝術

過去的公關專家，職在為公司「補鑊」——危機善後工作；今天的公關專家，已進而講求如何把事情做好——完美地辦妥任務（Task）。我們的每周「為食隊」，有公關專家，愛在享受美食時大發高論。他認為今日的公關藝術，再不能單靠「製造言論」或「轉移視線」去面對機構的危機，像八達通近日轉賣客戶資料，其CEO只會一口否認，最後不認不認還須認，可見從公司的危機一開始出現的時候，他們已經遠遠脫離了現代公關藝術的要求，成為最落後最無知的危機處理者，最終以一敗塗地收場。

公關藝術，今之專家認為問責非常重要，負責任是大公司最大的聲譽，絲毫不能有損，危機發生了，一間公司最差的做法莫如互相推卸責任，因為日後還有誰願意相信他們公開的解說？

第二，透明度也是公關藝術重要的一環。事件暴露，群眾有目共睹，此際還要竭力隱藏，那就不智了。提高公司的透明度，自可加強他日對公司的信心與歸屬感。第三，社會氣候和政治氣候，也不能不多加注目，像社會今日環保意識抬頭，任何人也不可以掉以輕心，更不能視若無睹。政治氣候一樣，在某種政治氣氛下，公司硬要衝破大氣候，或者在政治敏感度特大的時刻，堅持無視政治的影響，都屬逆公關藝術之路而行，有害無益。

2010-09-28

秋天的下午

一圍十四人的茶敘。表舅表姨、舅公舅母，平日遇上這麼多人，小孫肯定膽怯、怕人，但三歲多了的小孩，畢竟添了人生體驗。我看到他的鎮定，而且面露笑容，像掛上了中秋的一輪明月。

媽媽坐在身邊，他不時對媽媽笑，聽媽媽說話，也問媽媽問題，不停有人中間插入問題，他先望望媽媽，然後把問題簡單地答了、應了，乾脆有力，應付裕如。

舅公問：站起來，看你有多高？好嗎？

他立刻移動身子，站在小童高椅上，顯得比座中任何人都要高，還不止，雙手高舉，高可攀天哩。於是舅公驚嘆：嘩，高了好多好多喲！他樂極了，大笑，很滿足、快樂的一副樣子。

我默默地留意着他，我沒有加上一把嘴喧鬧，只是默默享受着他那純真戇直的可愛神情和舉止，這是午間茶敘最叫我快樂的時刻。我又暗暗祝福：孩子，願你永遠幸福。同時叫我想到：在《蘇東坡傳》裡，蘇軾的母親怎樣陪伴東坡的成長，怎樣在不同的時期為孩子注入人生的重要成長元素。每一位媽媽都在他孩子的身邊，這是多麼重要的陪伴。

看着我的女兒和她的孩子，只覺時光流轉，然後又不知幾多春花秋月之後，一代一代地獻上快樂與祝福。

2010-09-30

細數恩人

下了課，泡在學院會所喝一瓶啤酒，查看了手機的留言和短訊。今午天下無事，在啤酒帶來的輕輕落寞感下，我忽然想起：家人在做什麼，朋友又在做什麼。想着想着，便又快樂起來。

腦海一片澄明。我認識的朋友，一一浮現，是秋天了，秋天是懷人的季節吧。我現在已經懂得想一些快樂的事，而不是盡想着自己的匱乏，比方想想朋友，想想家，不去想不愉快的事，反正不愉快的事總會存在，算了吧，不去想它。

想，有時真如脫籠的鳥，飛到不知什麼地方去，但有時又很集中，像此刻，我想的，竟有一個小題目，叫做：細數恩人。裡面是一個個於我有恩的人：提攜過我、啟發過我、幫助過我、安慰過我……不一而足，再落實一點的回憶，比方：是那一天，朋友第一時間用車送我入醫院，把我交給醫生，是他救了我一命。又在那一天，朋友叫我到報社找某主編，說他會見我並且會約我寫稿……這些舊事，在這個秋日的下午，混和着啤酒浮起來的美好回憶，充滿了讓我喜悅的感覺。

教了大半生書，到近幾年流行短訊，我才知道，會有學生稱我為恩師。記憶中，清清楚楚的有三個同學，多乎哉？不多也。然而，我的恩友可真不少，一旦打開回想的窗子，竟是這麼一個接一個的多。恩，他們不言報，我卻忘不了。

2010-10-02

香港一周

報上有人在每個周末回顧香港的一周本地新聞，半版紙上還繪上香港地圖，用箭嘴展示新聞發生所屬之地區。這是你生活的香港，因此重溫一周香港事，很有熟悉感，用一周的闊度來看，倒可產生一種新聞的總結——至少可以看看香港人最近又有什麼新意思，又或者永不例外地日光之下無新事？像一則發生於人來人往的金鐘：扒手黨向目標男子淋污液，然後由扮好心幫手清理污穢的同黨盜款，橋段舊，但久不久用一用依然有效，編者該在新聞底下綴上警句：從銀行取鉅款出來的人必讀。

學習一下小心自己的財物，也該小心自己條命——對路上交通安全打醒十二分精神：學生因趕不到校巴而追車，結果在馬路上被第二輛校巴輾斃。警句：你追前面的車，忘記了後面有車追你。

十多則新聞就此代表了一周的香港，如同在你的日記簿中，你生活中的喜怒哀樂十事，道出你一周的生活與心情。

讀香港，知道你的身邊事，讀自己，明白你自己的事，現代人不是空虛就是太過複雜，靜下來讓腦海清明一下，不必天天感嘆。但至少在周末的早晨，看看一周的社會，作出一點總結，想想是否有點啟發。也看看一周的自己，作出小小反省，是胡鬧還是糊塗，多明白自己一點，總有好處。

2010-10-04

國際風雲

報載美日擬釣魚台聯合軍演。

那顯然是要演戲給中國看了。今日國際形勢，表面天下平靜，背後各有精心複雜的策略安排，每天讀着這類新聞，很叫人有不安的感覺。

國際間的公義，基本上只是美麗的謊言，強權壓倒一切。一部世界歷史，全是侵略和欺詐，只是仍叫人能活下去的，就是人類最終還能戰勝侵略、揭發欺詐，縱使付出了高昂的代價。

當前的國際領導者，不外是為了生存與發展而籌措，每一代的領導者，大多只有幾年間的執政時間，他們可以做的，就是在其執政期間，短視地使國民活得好、國威無損。至於將來如何，國家的發展該有怎樣長遠的眼光，他們大多是不加理會的。

自私，成為每個國家最功利的國策，利己當前，損人是在所不惜的。日本為了自己的生存與發展，即使有幾多學者研究及撰文指出：釣魚台是中國的領土，但日本官方決不肯接受這個事實，這是他們賴以生存與發展的機會，怎肯輕易放棄？日本靠着美國的超級軍事力量，美國亦樂於拿着這個「藉口」可以耀武揚威，繼續發揮其虛偽的正義，從而可延續其一貫的帝國主義本質。目下美國內部經濟一籌莫展，它以此轉移國民視線。國際風雲驟變，值得關注。

2010-10-06

通電乎哉

偶爾讀到一些為大學生而寫的書，發覺裡面不乏「至理名言」，問題是，大學生會覺得言之有理還是太高深莫測而無法通電呢?難說也，真正的讀書，必須能夠通電，由作者到讀者，有着通電的反應——共鳴，那才有意義。像書中鼓勵大學生主動買書的幾點誘因，恐怕就很難叫他們認同：一，不管是父母給我或打工賺來的錢，以至是獎學金，一拿到手，該迫不及待先買一本書，如此，可證明你此人非比尋常云云。二，一本書只要有一句深得我心的智慧名言，就該把那本書買下來，讀書的本質，就是這樣云云。三，不宜輕視那些藏書不讀或在書店中只看不買的人，並認定他們無法獲得讀書之樂，因為書買了兩三年，一旦心血來潮，隨手一翻，從中會有極大收益云云。

諸君請看，如此的「買書觀」，我還是第一次讀到，作者的觀點，能否叫大學生讀者通電，於我，則恐怕不能了。

以上各點，只能是一種美化買書行為的狂想曲。該書談到我們閱讀時，常常會出現「有所會心」的一刻，又或者一種「深得我心」的狀態，以至有某種「驚為天人」的讚賞時，作者認為那一刻，該輕輕地將書闔起，慢慢咀嚼，不宜全盤接受，使自己陷入自信太過的危險。而將書闔起，暫停閱讀，讓腦筋恢復清醒，此其時也。古人讀書遇上「深得我心」的一刻，喝酒一口，大叫一聲「好」，看來古人是照單全收了。

2010-10-08

讀書觀

加藤諦三在他寫的書《你在大學學些什麼》還提出他的讀書秘密，與年輕大學生分享，問題是，一些觀點，能通電，但很多地方，不能通電。但不宜小覷加藤的讀書觀，上次談到讀書讀到精彩處，我們中國人會拍案叫絕、以至喝酒賀之哉。但日本人則建議闔上該書，慢慢咀嚼。一強烈，一含蓄，國民性格於此可見。

此君更指出，如果你偏愛某位作家的話，就利用大學時代，專心一意讀遍此人作品，即使只讀他一個人的著作亦無妨，那將是你人生中的一大資產，比方在三年或四年的大學裡，讀畢托爾斯泰所有著作。讀書如戀愛，戀上了，需全副心靈傾注，以達刻骨銘心之境。若此作家的人生觀於我心有戚戚然，就翻其日記，作進一步的探索。

這種青春不是來做夢，而是來建構人生基礎的看法，於我，通電了。閱讀及深層次讀書，是一個人持續一生的自我教育，今天大學生甫一離開校園，即與書絕，那是何等失策之事？因由就是在大學時代欠缺了閱讀的訓練。筆者認為，畢業後仍保持手不釋卷的習慣，這才無愧曾經大學時代的金身，否則，跟未受大學教育何異？還有一個很好的建議：一生中該有一本反覆閱讀的書，正如你有一隻你會反覆唱詠的歌曲一樣，這一本書肯定是你的知己和命根。

2010-10-10

DVD導刊

退休減少應酬，不論是晚間日間，可看書也可煲碟。書是經典，最宜重溫，可讀出另一番滋味；煲碟一樣，舊片重看，方知昔日觀賞粗枝大葉，最精彩的內涵原來還未曾深深體味。

到尚書房購DVD導刊。此雜誌最宜煲碟人專用，其中「業界通碟」從劇集到電影的DVD一一推介，每部作品寫出二三百字賣點，幾乎可以說讓你即時決定有否興趣煲該碟了。

「業界通碟」專欄當然不是「全世界通」，一些小國的製作沒有DVD貨，但一個月來有近二百張碟、彩色製版刊於「DVD Info」給你參考，琳琅滿目，質素參差不在話下，但總有「啱你口味」之作吧？

美國連續劇《絕望的主婦》進入第六季，不必季季追下去，在「通碟」專欄自可找到此季情節的「新橋」所在。相對來說，日韓的劇集一季之後就收工，還是美國長吃長有。

本期介紹日本新碟《花痕》，改編自日本文豪短篇小說，新生代女星北川景子柔情之作。舊碟則介紹安東尼奧尼代表作《赤色沙漠》，我將舊碟翻出：邊讀資料，邊重溫舊作，填補了上世紀七十年代初識安東尼奧尼而未諳其內裡乾坤的空虛，這叫做歲月的補償。有書有碟，只望一對眼睛可用一世。

2010-10-12

獨立思考

「大學應該學什麼？」這一課題，由一本寫給大學新生讀的書激發而生，一番思辯，我再翻其他參考書，竟讀到有學者論及《北大批判》一書，裡面批判了北大不教的東西。

這「北大不教的東西」，也就是北大認為大學生不必學的東西？而我關心的「大學生在大學學什麼」，這兩個題目，不能說不是殊途同歸，因為兩者一樣是在關心「大學教什麼和學生學什麼」這論題吧。《北大批判》一書，批判了北大不教三種東西：正確的專業意識，讀和寫，以及論辯。

十月號的《讀書》，陳心想為此撰文加入討論。陳的文章對《北大批判》作者薛涌先生書中的論點有贊同也有異議，但說到「大學學什麼」，二人看法基本一致。

特別在大學生活的核心在於論辯（Disputation）此一觀點，我讀了深感他們對大學生的獨立思考訓練，實在提出了一個頗為清晰而具體的學習方向，於我深有共鳴，我認為這才是今日大學生最需要的通識教育，也是今日大學首先要列明出來：這是大學生要學、大學要教的東西！別的先不說，這個「論辯」，應該必修，且必須及格，這是大學生掌握「獨立思考」的唯一途徑！

「論辯」不是公開的口頭辯論而已，而是心靈中默然進行的是非辨析，是一種永無止境的精神努力（借用陳心想的話），這前提就是獨立自由的思想。

2010-10-14

大學理念

薛涌的《北大批判》，其實是整個中國高等教育的批判。目下香港的大學教育，開始講「通識教育」，但這裡的「通識」，如果仍視之為「skill subjects」，而不以論辯——獨立思考的研習為鵠的，一樣遠離了大學教育的意義。

大學學什麼？大學只是為專業（未來投身社會的行業）服務，成為個人未來職業必備的專門知識，因此其意義只能是「敲門磚」，而不是通過大學教育，栽培一個有全面發展的人。大學如果宣傳自己說：「本大學的學生一畢業就能順利找到好工作，本大學校友活躍於社會各個行業。」大學若以此為傲，實是悲哀。大學便淪為社會的服務站或行業的訓練中心。另一種對大學功能的看法，則是「為知識而知識」、「為學術而學術」的象牙塔論。

金耀基在其《大學的理念》一書中，指出大學是一個栽培普遍性的理念與理想之地，使有朝氣的大學生能具備平等、和平、公正的思想，使他們關心天下事，不囿困於象牙塔中，而具有承擔的精神。《北大批判》可說是對全世界大學教育的一種反思。要今天大學生能成就一個有獨立思考能力、有論辯能力的人，他們才能具備有平等、和平、公正的思想，才不為社會的混沌物質所污染，且敢於對抗。大學學什麼？大學就是塑造一個個有思想的公民。在這一個大方向下面，才是讀和寫的學習，用以達致事業的成功和求知的延續性；而專業意識，只能放在第三位。

2010-10-16

人生機遇

朋友，你北上上海開始新的工作了吧？這是你退休後的新挑戰，也可能是你的事業的最後一擊。在此，我祝福你，願你順利、馬到功成。我們都知道你的專業是出版，但退休後的新工卻是行政，是上市公司的總裁，主管生意的發展，與書業分了手。

也許，往後杯酒言歡的日子不再了，每周也許會從上海歸來，見見妻子和女兒，而諸友同歡之景，恐怕不會常見矣。看來，你比我好，趁香港與內地的特別機遇，迎上了時代的新脈搏，這個年代對中國大地這個叫我們年輕時已神遊的故國仍有一個嶄新的參與機會，好使自己有一段頗為完整的「中國現代化橫切面」。而我，繼續呆在這個小珠島上，終我一生的去獨立思考——每天平放着來自現實世界的各方觀點，審視我該怎樣看自己的中國！如此漫長的歲月，劇變的中國，又似是不變的中國，始終是我等「大學主修」的科目：這是「終身大學」，是我們的「終身學習」，衣帶漸寬終不悔。

你是總裁，據悉肩上的任務可不輕，你該減減肚上微隆的肉，以應付日夜奔波的體能。還有，清晰的腦筋、獨立的思考，這都是對我們這年紀的挑戰，望你長年保有，勿失勿忘。

你不在香港的日子裡，我們會想念你，努力吧，生命不過是默默的承諾和默默的幹。

2010-10-18

人生重要一課

人仍獃在大學院校，很自然對一些朋友讀到「大學教什麼」時觸動了我的神經。

薛湧（上文誤寫為薛涌）在《北大批判》中的文章應讓我們每一位在大學唸書的教授學生讀一遍，好好明白讀大學，最大的意義是：培養一位大學生就是塑造一個有思想的公民。

用一個簡單的例子說，大學培養了錢學森，最大的意義單單是大學栽培了「科技之父」？錢氏在科學上的成就當然重要，但如果大學不能使錢氏成為一個有思想的公民；不能使錢氏成為一個有獨立思考、明辨是非，具有批判性思維的人，則什麼「科技之父」，又有何用？

大學，一個讀書的地方、一個做學問的地方，一個做研究、做實驗的地方，但那只是起點，專業意識由這地方起步，這沒有錯。但在大學這地方，獨立思考、批判思維的栽培和重視，這更加重要，大學不能不教這人生最重要的一課！這一課看似簡單，但實際上要學子真的能夠掌握獨立思考能力，實在要倚賴大學——從教授、助教、同學的朝夕學習與磨練，到大學校風的自由無礙、大學先輩、傳統、校長的高風或亮節——一一注入具體鮮明的色彩，大學生方能從中脫胎換骨，鑄成一個個獨立自由、明辨是非、具人文關懷的有思想公民，為世界的美好將來奠基。

2010-10-20

現代回憶錄

朋友來電咆哮：某君在網上寫回憶錄，內容是寫我們，但卻不盡不實，豈有此理云云。

我說你且勿動氣，先傳來那條link，讓我過目，看如何不盡不實才說吧。

天下本無事，過去的事過去了，但有了互聯網，天涯海角的昔日交往者忽然「往事追憶」起來。裡面：真的人，真的時間和真的地點，卻發生了假的情節，眾友一對口供，立刻發覺某君不是失憶、誤憶的話，就是隨意捏造了。

但，那又如何？誰也可以在互聯網上、臉書（Facebook）之中，大撰其回憶錄，裡面真偽，誰會去計較？讀的人也未必多，不就是認識的那寥寥數人？他們讀了相信不相信，又與人何涉？何必動氣？難得的是：「一千重門外忽然有人叫你的名字」，你原來並不寂寞喲。另外的一位朋友，讀到一位海外文壇前輩在

Facebook 中細說美元文化大盛時期的香港文壇，其間的人脈關係以至這些人最後的動態與歸宿，儼如寫了「香港文學發展史」鮮為人知的外一章，讀之趣味無窮，這又是一種回憶錄，又是非互聯網、臉書的流行不為功。

至少，整個社會，透明多了，公開多了，即使裡面有不少「老作」，但脈絡還在，資料中亦有不乏真實的一面，稍加過濾、作些印證、考據的工夫，大概的真貌仍可呈現出來。人在網中，誰也會被他人仔細端詳的了。

2010-10-22

人

總羡慕一個又一個的過境人，他們偶爾到港一行，眾友便可以齊齊團聚。一番問好，交換別後生活內情，不勝親切，然後幾天之後，又回到老外的社會去，又叫我們繼續懷念，繼續惦記，期待下一次的到來。

像我們口中的金爺，由加飛滬，看完「世博」經港回家，眾友在港設宴三席，一時昔日電影故舊立即亮相：卡叔、石琪、昊仔、舒明、國兆……數不盡的朋友平日很難見一面，藉着金爺過境，在一個有風球的晚上，都聚在一起了。香港是我們每一個人的心靈家園，大家的記憶都儲放於此，永不失卻。

不是不可以搖電話、寫電郵，只是眾友認定通訊還通訊，擁抱相聚以至舉酒高歌，都是另外的一種氣氛。

你叫我在電話中說什麼？

談文玩藝、縱論時事？對不起，這些，都盡在不言中了。我們分住不同的城市，失去的就是一種親密的接觸，一種氣息的互通，一種喜怒哀樂的共享與互慰。分開了，這些很微小但卻很有感覺的一切都不知何故淡薄了、式微了，有的，只存在着一種深深的懷念，和期待一種有日相會時的盼望而已。

問金關於我們的幾位其他好友，生活與健康可好，他說都很好，這就叫我快樂，「王其愛玉體，俱享黃髮期」，只要如此，萬里之外也就猶如比鄰了，是嗎？舉杯，過境人，你帶來了親切的人情。

2010-10-24

我的「打包史」

我與損友在街外吃東西，偶爾遇上一些美味的菜色，總愛買個外賣，好讓家人也可以分享我的吃之滿足。然而，每次這樣做，都被我的朋友取笑：要麼，就請家人來一次，點上這幾道名菜，要麼就吃完忘卻，搞什麼打包，不覺得麻煩嗎？

他們飯後邀約再吃一杯時，見我手上掛着一兩包食物，總有微辭。但我依舊我行我素。誰知日子一久，我這種飯後打包的文化，竟傳染了每一個人——今天，他們都變成了「打包人」，每次飯局之後，人人手上大包小包，無包不歡，為的是：回家讓家人也有吃的驚喜。記得有一次，朋友請吃禾花雀，我把我的一份留着，完席時打包帶走，因為家中拙荊最愛此物，我不吃，讓拙荊可以有一個「禾花雀之夜」，這一份心情，他們又怎能明白？

偶爾也會下廚，平日已探悉得家人的口味，比方什麼是我最愛吃什麼是最不愛吃的菜餚等等，一有機會，我就讓他們可以一嘗家廚中簡樸而美味的菜色。

人生的快樂，我相信是與人分享才可以獲到，獨樂是寂寞的。學問也是如此，讀書偶有心得，也常與友論及，與妻論學當然難有共鳴，但跟她一同品味美食，她應該確有心得吧？我的飯後「打包史」，已成為友輩眾所周知的指定動作了，連一些相熟的食店老闆，也知道我好味的菜色我必會「翻叮」，一早為我打包兩味了。

2010-10-26

快樂漸少

眼看一些朋友踏入人生的桑榆期，便開始非常注意飲食、學拳、保養、行山……等一系列舉措，真有計劃，真有恆心。這些朋友，我倒真心在此祝福：願他們長壽，長壽，再長壽，仙福永享，萬壽無疆。

報上也有朋友在大撰養生之道，每日一篇養生專論，連自己老本行的電影也少談了，無他，人生到此，都在想辦法，多活一些日子，也就是爭取在世上多坐一會。這也許又不完全是，人怕的不是怕生命短暫，而是怕患上了重病，要飽受苦痛的煎熬，那才叫人不得不認真地把人生的最後階段，努力執拾得妥當安全。即使離去，也將是快樂的離開，而不是哀鳴呼痛，走得一塌糊塗，叫關愛自己的人心頭大慟。

個人每早運動半小時，飲食也開始不敢造次，只是每次遇上為醫的朋友，總叫我戒吃什麼戒飲什麼，又吩咐經常要檢查身體。唉，人生活到今天，生活上一些快樂的項目，隔一頭半個月上天就給你取消一項。像酒，醫生已經宣布要我放棄，不可再戀；但他轉頭又怕我沒有酒之後會患上抑鬱病，就說戒掉一半吧。我唯有說，好，半杯酒我滲上半杯水好了。

這個年紀，每隔一年總會失卻一些快樂：酒啦、腳力走動啦、視力啦、吃的牙力啦、美好的記憶力啦、有魅力的頭髮啦、錢啦、老友記啦……上天一一收回，單單不收我老命一條，嗚呼哀哉矣！

2010-10-28

文學的「養命錢」

寒山碧，藝發局文委會主席，行將卸任，撰文吐心聲。倘若這一些義工在完成其服務時段，能多一點在公開的言論場合發表一些感想和建議，我想，社會上很多無意義的爭拗和偏見，都會自動瓦解，也讓我們的腦筋，可以多用在爭取更有意義的行動上。文學委員會的工作，確然為政府派錢以支持一些文學活動，而派的錢，只是小錢，旨在推廣香港的文學活動，支持一些有潛質的文學新人，其實可以做的工作畢竟很有限。筆者充任文委會審批員之一，其中審批工作之一，是為文委會出書作者的申請書作出評分，以決定是否撥出二三萬元，讓這些作者的作品得以出版。

用「出書」這一環節來看，文委會的工作，其聊備一格，其僧多粥少，其權責範圍之局限，便可見一斑了。香港政府設有「綜援」一類的經濟援助，文委會的「派錢」，本質上可說是為文學這一類東西，政府給予的小小「綜援」，派上這筆小額經費，讓文學這種東西，在香港還可以有一口氣，不至於死去，不，不至於絕跡而已。

窮人尚不至於抽象，文學卻非常抽象，幫助窮人容易，幫助文學，誰能明白？富人做善事，捐款不能說不多，卻不曾見有人資助文學，因此，文委會的小小派錢，也不能說全無意義吧。

2010-10-30

讀心

朋友忽然責怪我讀他的心，是不相信朋友了。

讀其心，而不是聽其言。是我信我讀到的心聲——我個人通過分析和理解朋友的內心，反而對朋友親口跟我說的話有所排斥，因我不信。

也許真的有這樣的一天：那就算吧，朋友說，我就以後也不再說了，反正你不信。且讓我再作分析吧，你既然說我已經開始分析了，那我就再進一步吧。

首先，人要作自我保護，一個我字，四面八方罩着防衛網，誰欲來犯，定擋一擋，以保自我，特別是尊嚴二字，必「死雞撐飯蓋」而後已。這個我明白。

第二，人說了第一句謊言，就開始說第二句、第三句，欲罷不能。第二句補第三句，第四句為第三句再作修飾，謊言也就欲戒無從了。

第三，謊言用慣了、說多了，也就連自己也相信是衷心之言，即是誰來檢驗也檢驗不來，上帝不理，謊言肯定橫行，說謊者會這樣說：你不明白吧了，我是這樣相信的。即是說，我相信這謊言可以解釋我的行為，這謊言也就是我真實的由衷之言了，你不信，有何重要？無從爭辯，也就各信各好了。是的，有何重要？要說就由他說，要不信也就由我不信。

每一天，說話在空氣中無休無止的散播，可信的又有幾多？

2010-11-01

謊言與真相

朋友之道，恐怕也要接受朋友之間一個又一個的謊言，是的，揭破朋友的謊言，使之無地自容，使之羞怒，那又何必？說謊的人，總有他不得不說謊的理由吧？

據說有人會用含蓄的技巧，暗示給對方知道：我知道你說了謊，但我還是接受你的謊言，視之為心底真話，但，我得讓你知道，是我甘心受騙，而我是清楚你的謊言。這種朋友，江湖得很，既然認識到友情難得，一兩次的謊言也就不計較了。至於要讓對方知道我是知道的，不過是想叫對方適可而止，再不要一而再，去炮製新的謊言而已。

據說也有更偉大的朋友，謊言聽在他的耳中，聰明的他，怎不知那是謊言，但他卻佯作不知，裝出一副全部相信的樣子，對他，朋友最珍貴，人家要騙我、要瞞我、要我相信他，我一定滿足他的需要，好吧，我毫不懷疑，也不多問，人是大人，我何必還諸多質問對方？我有權審核他為何要扯謊嗎？我只能相信，也毫不懷疑就是了。生命中有許多不可解的事，我們往往只能用個人的獨立思考與推理去猜想一切、判斷一切，生命的實況有時愈演愈迷離不可解，個人要尋找事情的真相，往往功敗垂成，偶爾，我用一種人文關懷的角度去同情，因為同情，所以了解，而人生真相的真正了解，恐怕最後也是只可以用同情去逼近真相，同情就是真相了。

2010-11-03

激動人心

報上有人大概這樣感慨說：在中國六十年當代文學史上，幾乎沒有人為某個社會事件寫出激動人心的文學作品。

這一感慨，據說來自陳思和教授的《六十年文學話土改》一文的啟發，文中有說：在一九四九年為起點的當代文學史上，幾乎沒有人為「土改」寫出激動人心的文學作品。社會事件或政治事件，要寫成激動人心的文學作品殊不容易。台灣陳映真筆下的「二二八事件」，內地的報告文學《唐山大地震》及電影《唐山大地震》，都有佳評，但激動人心的文學作品，而題材又是社會事件政治事件，恐怕很難舉例。

《紅樓夢》激動人心了，但那政治事件或社會問題是含蓄地融入兩個大家庭的日常生活之中，事件或社會元素，並無浮現出來。

文學就是這樣的。「靖康之變」，乃北宋社會政治事件，在岳飛《滿江紅》一詞中折射出來，但作品的題旨，仍在一個軍人的忠君愛國上，社會政治事件，任何細節都欠奉。也讀過五四文學中李劼人寫社會政治事件的一些小說，但卻很難給予激動人心的評價。而真正叫人感受社會政治對純樸溫暖鄉材的破壞——《故鄉》中，魯迅並沒有怎樣去寫社會政治事件。

《紅樓夢》是一百年清代激動人心之作，新中國六十年，還未有類似《紅樓夢》般傑出的文學作品？那要看「激動人心」要多激動了。

2010-11-05

有此等事

人的孤獨，最大的成分，是在思想性的層面。也因此，只有讀書，才能叫人不會太覺得孤獨，但讀書是單面的，作者不會跟你說話，他自說自話，你只是聆聽者，聽聽自己與之有否共鳴之處，也看看自己與作者之異與同而已。

要雙向，得靠朋友，促膝談心，縱横天下。不過，靠朋友來減卻思想上的孤單，那是更見困難的事。因為，朋友呈見、議事每多不合，所操之術多異，最終強聒了一夜，各抱己執而回，美日君子和而不同，只能這樣自我安慰罷了。

歲月如梭，留下可以深明雙方思想的朋友，試問能有幾多？遷就已成定局，要心頭大快，暢所欲言，難矣哉。也不知哪一個夜，一位朋友提了一部電影：The Heart Is a Lonely Hunter，也真的名狀了座中每一個人，最終大家苦笑。

這年頭，最重要得繼續擁抱看化，萬萬不要上心、不要激心，今天有氣，明天一早睡醒，便得忘過一乾二淨，如有不識趣者再次提及，一定這樣反應：是嗎？有此等事？我忘了吧？反正這年紀，誰也患上了多多少少的腦力衰敗症。也就是說，我們是步入了「不必認真」的歲月，這歲月中的人類，擁有「不必認真」的特權，因為認真者死，不死也會更加孤獨，你知道，孤獨的感覺，比死還難受。

2010-11-07

回歸本行

二十年前蒙陸離賜票，在伊館看了黃子華的處女棟篤笑《娛樂圈血肉史》。一晃間，今天是黃子華《娛樂圈血肉史》的第二集演出的日子，一個人「棟篤企講笑」，子華講到今天，由伊館到了紅館，幾百座位變成萬多個座位，看來，我得親自購票，一睹今天的黃子華，究竟有着怎樣的變化？

陸離所愛的，總有她的理由，滿以為黃子華這牌子，如同杜魯福、舒爾滋一樣，打出黃子華三個字，必屬佳品。錯，原來黃子華三個字，只能在棟篤笑中獲得陸離青睞，其他的子華作品都叫她失望，她客氣地說：都不是我那杯茶。

讀了陸離寫「子華回來了」的文章，方知道她並非將子華逐出「我的最愛」行列，由始到終，子華的棟篤笑，陸離沒有離棄，二十年後的今天，黃子華這個棟篤笑招牌依舊長青，在她心中，評價是：棟篤笑絕世奇才。上帝真公平，一人有一瓣絕技，黃子華三字，定必要與棟篤笑三字相黏，若貼在其他東西上，即時失色，也慘澹收場，子華，你要認命。你該努力在棟篤笑中服務社會、造福自己才是。

根據陸離智慧的觀察，你的撒手鐧是：嚴肅地講笑——no laughing matter，這「冷面」放在其他諸如電影舞台劇上，都派不上用場。來吧，你回來了，不，你要回歸，回歸本行吧。

2010-11-09

奇遇一二

退休朋友多奇遇，雖非發生我身上，但聞之欣然，可與之同樂也。

高官某君，退休已有長糧可吃，遂矢志不作雞口也不為牛後的打工一族，鎮日跑跑馬、散散心、吃吃美食、吹吹牛皮又是一天，然而，你雖元龍高臥，他人卻三顧草廬，搖個電話：來會議室傾幾句：果然幾句，不過這幾句卻可堪咀嚼。朋友「噏」完，即時打道回府，如是者，有識貨者，便邀來一敘，朋友見機構主事者盛意拳拳，又設有數碼不弱的傾偈費，遂偶爾應邀，作其突發顧問，賣賣腦汁，亦一樂也。

另一位是文學教師的奇遇。吾友退休後巧遇某財團總裁某君，某君事母至孝，但其母已開始有腦力衰退之象。某君知高堂酷愛中國古典文學，詩詞歌賦古文，均屬至愛，朋友遂推薦自己與總裁之高堂每周一敘，為她講講詩詞古文，一方面使其思考生活有所寄託，也因重溫舊文可加強腦筋記憶力以抗衰退。某君欣然同意，吾友遂得此「高級侍讀」之職，地位實不下於陪太子讀書之太傅也。想到香港地多富豪高官，若富豪高官人人俱似上述某君，則吾等授文學課之輩可無憂矣。退休之友迭多奇逢，一旦遇上，則有千金之資，是以切勿妄自菲薄，你的奇逢可能就在明天遇上，祝你好運。

2010-11-11

祥義美善

童年上學，總覺得書本裡面有很多很多的知識，一本「國語讀本」，一本「High School Grammar」，是我最愛。遺憾的是，要找回這些古董課本來懷舊已是不可能的事。

我說這些小學課本有很多知識，而且這些知識，可說是通識，通識無分大中小學，人的意識開展，由小而大，小學的通識，一樣重要。

胡適的《嘗試歌》是我古典的小學通識，當年琅琅上口，到今天還可以背誦得出，倒是一篇《羊肉館》，雖可背誦，卻已忘記作者是誰，更不明白這首詩的題旨在哪裡，這詩給我們的通識又為何了。

……我念羊╱你何必叫咩咩╱有誰可憐你╱世上人待你╱本來無惡意╱你看古時做字的聖賢╱說你祥╱說你義╱說你善╱說你美╱加你好多好名字╱你也應該知

他意╱只要你╱甘心為他效一死……

想來詩的主題不可能是叫人為老闆捨命、甘心犧牲吧?就因為給你一個好名字:與「祥」、「義」、「善」、「美」有關,你就俯首就命,成為羊肉館中待宰的草羊,讓人們大快朵頤?

此刻回想起六年小學的「國語讀本」,裡面所選的文章肯定極具意義,如果手頭可以再重翻這幾冊書,應該可以做出一些研究和分析來,並比較一下今昔的語文通識,以及社會文化意識的差異。

2010-11-13

其後

飯局上有李維榕，專治家庭問題，每周五在報上讀她一篇大文章，寫得真好：問題娓娓道來，似沒有落藥，但層層剝開，問題關鍵便即呈現。何止可了解個人與家庭，社會、民族、國家，都有類似元素。出版家賜飯，竟是一個雜得不可再雜的飯局：家庭學專家、玄學家、馬報社長、社論主筆、美食文化作家、大學系主任、旅遊家、副刊主任、通俗文學研究家……有幸坐在他們當中，單聆聽，已豐富得媲美是晚佳餚。

唉，這類飯敘，過往每周必有一兩次，偶爾在戴天《一周紀事》中出現，舊友新歡，總留下了很多美好的回憶，而今，要重溫，殊非易事，今夜雖能盡興，但很多舊友，卻無緣對坐了。

維榕懷念老戴，即便我們可以駁上國際電話，但聊兩句又有何用？非人在席中、酒在手中、佳餚滿盤不可，然後才說不盡的樂話，那是真真正正的相會。

局散了，深怕這種剎那的虛無，飛車走回小居室，打開影機，播一部電影，將自己投入另一個故事中去吧。人生就是一個故事又一個故事，演個不停。有時別人看你演，你似是裝飾了別人的夢；但更多的是，我是觀眾，看着別人一個又一個動人的故事，也是夠你享受的吧？又記起那飯局中的每一個人，及每一個人的每一個故事。

2010-11-15

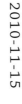

宅男頌

這年頭，不做宅男才怪。宅男的好處是自己和自己相處，真誠相待，不必假口假臉、說虛假的說話、做不想做的事。

每個人都該有個小居室，小宅無須大，但卻必須有門，把門關上，宅男就可以自得其樂，讀書、寫字、上網、看碟，外間天下事，何足問哉？人說宅男封閉，兩耳不聞天下事，只活在虛擬的網絡中，久而久之，不能在社會中求得一工半職，自己生活的開支也有問題，唯有長期活在父母的蔭庇之下，嗚呼！

這樣的宅男自然有問題，但宅男多類，焉能將這類愛孤獨的人說成是脫離社會、失卻謀生能力的人？我倒認為，在今日社會我們該或多或少要做一個宅男；了解自己，學習面對孤獨，懂得深入思考，一個人博覽群書（不論從網上閱讀還是購書閱讀），一個人做生活的計劃，不要在鬧嚷嚷的人群之中迷失了自己，要這樣保有宅男的生活智慧，自然更能在社會中大展拳腳而不落俗套，由是，宅男之功，不可謂不大矣。

我愛宅男，我認識的宅男，都具有這樣獨立思考的能力，因為不怕孤獨，在小室中閉關苦練，出關後的宅男功力非凡，一身真材實料的功夫，叫人驚艷。遇上宅男，方知自己浪費了幾許青春，在人海中茫茫然喪失了自我，是以我奉勸諸君：回歸小宅做宅男吧。

2010-11-17

我的最愛

年輕的訪問者在訪問完畢，總愛來一段：我的最愛。最愛的書、最愛的電影導演、最愛的影片、最愛的地方、最愛的歌、最愛的工作、最愛的小說……總之，對她來說，我們這些上了年紀的前輩，已經總結了很多人生之最愛，蓋該點示出來，裨益世人吧？殊不知人生哪來這麼多的最愛？愛吃的東西可不少，要選最愛吃的，恐怕可能是米吧？是粥吧？是魚吧？

都愛，就是難言一個「最」，因為「最」只能選一個，而這個「最」，卻又不是沒他不可，若此，又何必曰「最」。

出版人的鬼主意可不少，近年多了很多「一生不可錯過的十本書」、「一生不可不聽的十首曲」、「一生不可不看的十部電影」。這一包裝，赫然替代了一個人的「人生之最」，是的，將「最」字打碎，分成十本，至少不用那麼沉重，最愛的一本變成了不可錯過的十本，似乎合理得多，人生哪能樣樣都有獨一無二的最愛？不過，在今日這個世界，人的心底裡，為了適應市場的需要，你最終還是願意把一些你歡喜的東西，在不分名次之下給它一個最高的名次。無他，選一個獨特一點的、少人喜愛的，將之排眾而出、獨佔鰲頭好了。這叫做順順來訪者或市場的意，也叫自己之「最愛」能吸引人家（讀者）的注意，從而宣傳了自己，叫人不易忘卻、留下印象。

2010-11-19

叫人愉悅

漸漸明白，朋友與親人，我與之相處，人家只有一個要求，就是愉悅，除此無他。

先不要立刻想到取悅於人，就滿以為取悅他人是拍馬屁，當擦鞋仔，喪失了做人的原則……使人愉悅，是人生對別人的最大服務，所謂為人民服務，就是叫人民愉悅，而不是叫人悲憤、使人痛心，活在不快樂的生活之中。

我瞿然以驚，捫心自問：我能做到朋友愉悅嗎？我能叫家人因我而愉悅嗎？一想及此，頓然一身冷汗，慚愧，恐怕不夠，不會叫人家陷於「水深火熱」之中，但至少，他們為我的頭痛、苦惱、落淚，如是，我還能稱得上是一個叫人愉悅的人嗎？

猶記女兒結婚日，我跟女婿說：往後，你要使她快樂，一生。我會如此叮嚀，但，我自我又可曾囑咐自己：叫妻子愉悅？叫女兒愉悅？叫我的朋友愉悅？

這是我近日生活的一大發現，朋友醉後說：我常常取悅你們，讓你們快樂，我覺得你們快樂，我就快樂，但你們為何如此吝嗇，從不表示你們的快樂？是我做得不好嗎？請告訴我，我醉了。

對不起了，他確然每天都關懷着我們的愉悅：電話的交流、美食的共享、旅遊的樂趣、酒醉的心聲……要我們愉悅之心，寫在俊俏的臉上。但我們呢，帶給他的總是不斷的煩惱和不滿，甚至，把他的好意曲解了。

2010-11-21

誰是「閱讀者」

閱讀者，不可能是天生的，至少需要一點強迫吧？比方，父母可以逼兒女讀書，朋友間以學識炫耀，也是一種誘惑，回家「補飛」，一夜讀畢某書，以免孤陋寡聞。

自小也讀了一些書，今日思之，卻是因為孤獨，書成為唯一的朋友，與之交往，培養出閱讀的習慣來。生活多了姿采，也就開始疏遠了書，很多書，想讀，卻因時間不足，讀不成，永遠長駐書架上，變成了家中的裝飾品。

不是誇張，現代人要有時間讀書，最好是去坐牢，赤柱監房是閱讀勝地。

朋友中，真正有讀書習慣的，算來算去，只有兩人，其中一位，職業還是出版社賣書的，閱讀能一舉兩得，最美妙不過。其他的朋友，各有其生活習慣，某君寂寞時嘯眾追逐美酒佳餚，某君則假期必以煲影碟為樂，某君則戀上旅遊，遍訪名山大川，你獨自一個人的時候，會做什麼？會否對着電視機，連「電視汁」也不放過？一日上課忽發奇想：強迫學子培養閱讀習慣，要他們「每周一書」，結果當然是徹底失敗。閱讀，是今日學生最奢侈的活動，因為他們經已失卻了寶貴的寂寞和孤獨。

為了閱讀，在熱鬧與寂寞之間，我們會不會寧取寂寞呢？寂寞的十七歲是很可寶貴的，因為在這個時期掌握閱讀的習慣，成為真正的Reader！

2010-11-23

給下一代的饋贈

新一代所缺乏的，很可能是對上一代的了解。因此，我認為，我的學生哥以至子女或子女的朋友們，他們有什麼喜慶的日子，我會送上一種可以增加他們對上一代了解的禮物。

作為父執輩、叔伯輩，對下一代的子侄，也許到你一旦百年歸老時，你會送上一層樓宇或其他名貴禮物，而重視文化卻又家境不裕的父執，他的禮物，可能是一生積累下來的藏書，有望他的下一代：多讀書，多明理吧？

是的，下一代，可以得到你什麼的饋贈，再說得坦白一點：你留下什麼遺產給他們？

名畫、藏書、治家格言、舊居……真的各有不同，因為那要看你究竟擁有什麼？可以留下什麼給他們。對於女兒，她們可以得到什麼？我還未有什麼想法，但至少，我不可能像《李爾王》，可以把王國分成三份，分給三個女兒。我今天忽然想到，送給下一代的紀念品，最好不是鼓勵他們什麼也不用做，吃一世的「殘廢餐」吧？對新一代，我想到思想上的教育，生前我可以在他們的日常生活中喋喋不休，但大去之日，我想到他們應該得到我人生中最後的總結——這才是我一生智慧的最終結論，用這種個人現身說法，他們至少可以有一個親切的囑咐，也是最可靠的溫馨提示！好讓他們走他的人生有一個參考吧。

2010-11-25

這樣的退休

退休後的生活，最叫我尷尬的一項是銀行戶口的自動轉賬。忽然一日，銀行告知，汝戶口欠賬幾多，請存款；然後很快又一日，再發生另一項的自動轉賬。單單這樣的透支罰款，已經叫我損失慘重。關鍵很簡單，從前未退休時，戶口總有點錢，如同水缸有水，小魚尚養得住，退休後，魚缸的水，時有時缺，遇上自動轉賬的家居賬單，便不知在什麼時候跌進透支陷阱之中。

我當然知道，一切的問題，在於「五行欠水」。像我這類的教員，工作靠的是年年簽的教書合約，哪有什麼退休福利可言，強積金即使不給基金經理投資蝕盡，五年後可以取回的，恐怕頂多只能用於一次旅遊。當年所以努力供樓，很希望能在退休後大樓換小樓，至少可以有點現金在手，若能在千載難逢樓價高企時賣樓，我的退休生活也不至於太坎坷吧？然而，老婆大人一聲不賣樓，我頓然噤若寒蟬，再也無計可施了。退休生活，變成了「失業」的晚景，只堪做一名「老宅男」，在家看書、喝啤酒算了。

我將一個月要付的賬單清理出來羅列於案頭。我知道，任我怎樣賦閒，我也得每月為清理家居的賬單而努力。沒辦法，我的下一代有他們自己的家居賬單，是我的家，賬單我還是要自己付清的吧！

2010-11-27

心理學問

校友陸國燊贈新書，岳曉東著《愛情的心理分析》，讀之不忍釋卷，這是一本對心理學理論有深入認識而又能通俗地運用於日常生活實例的好書，如果我們要讀一點兒心理學的話，此書不負所望，而且能夠大派用場。作者以此書獻給廣大的心理學學者和工作者，他希望此書能對心理學教學有助，但我認為此書獻給廣大的心理學愛好者更為貼當，能領悟此書之妙，自能觸類旁通，對周邊世界的社會現實和人物心態添增認識，直溯其心理狀態，饒有趣味。

書中實例，盡選名人的愛情為例，逐一加以心理解剖，而論點極有說服力，也叫讀者讀之提高對認識社會人生的深度，而不再把問題看得表面化——流於人云亦云。此一通識，得拜過去心理學家的努力，因為心理學的出現，把人類的秘密揭示得更加徹底，真正的人，從此假不了，連心理也呈現，就無所遁「形」，也無所遁

「神」了吧。

愛情的現實例子，在心理學精神分析視角下，有「戀父需求」與「英雄崇拜」，有「戀母情結」與「依賴感」的滿足，有「姐弟戀」、「母愛補償」、「婚外戀」等等，這類心理分析的學問，作為現代人，混在複雜的人際關係和變幻不測的人性與感情裡面，若不掌握一點測試技法及解剖工具，試問如何自我解困、知己知彼？心理學看人看世界，功能在此。

2010-11-29

心理健康

讀心理學，能了解人類心理的秘密，而我，更大的收穫卻是：明白更多的人性本質，了解更多的人，也更能原諒很多人的行為，從而，多了寬恕，少了責難。

正如聖經裡面的兩句：主啊，求你寬恕他們，因為他們並不知道自己在做什麼。聖經的這句話，非常心理學。

你說壞人們壞事做盡，但在壞人心目中，那不是壞事，卻是好事，你有好好地體會壞人怎樣看他們的壞事嗎？換了另一個人的視角，看事物另有一種看法。一位心理學研究者說：狐狸吃不到葡萄，牠對自己說：葡萄是酸的，不吃也罷。這裡有一種健康的心理治療在：

這樣的自我安慰，把剛剛在心底萌芽的自卑和挫敗感扭轉過來，變成一種心理安慰，使自己可以快快樂樂地活下去，而不用自怨自艾帶着一種憤怨和挫折瀰漫在生活之中。

每一個人都在他個人的成長過程中受到周邊的人、周邊的社會及其制度所傷害，有強烈的傷害，也有輕微的刺激，但每一個人，都懂得怎樣應付這些外來的衝擊嗎？父母保護過你，但更多的時候，你得自我保護，在不斷的自我保護下，也就同樣是一種自我的生活實踐，有良師益友的循循善導，你當然可以健康地走過一生，但，如果身邊欠缺良師益友，你可以想像這個人怎生是好？

2010-12-01

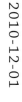

送什麼給下一代

留什麼給下一代？社會上的公開財富可不少，你買一套金庸武俠全集，足夠你的下一代一生消受。你留張愛玲精選的小說？留一套有你個人眉批的《紅樓夢》？抑或你另有新意，留下你一生的日記？反正日記不會出書，你的名氣不及蔣介石、胡適，對社會，他們的日記具歷史價值，但，你的日記，在你的家庭中，肯定有價值，就留給你的下一代，叫他們有空讀讀，知悉一下爸爸的生活內容，知道他是怎樣走過他的時代的。

然而，近日我有我的想法：既然是留一點人生智慧給下一代，當作是學問、是課程，也就不能不在思想層面上尋找了。比方說，你愛杜魯福電影，何不精選兩齣杜氏的佳作，附上你的觀影心得，道出這電影怎樣影響你的人生？留給他們，讓杜魯福開啟你下一代的智慧。如果留書，最好也得附上讀書心得。告訴他們這一兩本書何以是你的兒女必須一讀、不可漠視的作品，好讓他們明白你的苦心，也從中看到你對他們的深切期望。

這都比一層樓或一千萬元好得多。

吾友李天命有一些錄音作品，那是他個人接受外界機構（如各大學）邀請的演講集，以及他過去在電台講哲學的節目內容。如果精心選購一套，送給自己的下一代或親友的下一代，未嘗不是最佳禮品——影響一生思維的禮品也。

2010-12-03

個人讀書特色

跟我相熟的朋友都知道：居室狹窄如斗，要看的書，常常堆在床邊的窗台上，堆了一堆又一堆，晚上睡在床上，如同擁書同眠，但卻從未發一個與書有關的好夢！

一日，妻溫言警告：書太重了，怕窗台塌下，連你也跌落街上！我說：好哇！如此歸天，太美麗了。書為什麼愈來愈重？只因每天從街外歸來，總有一兩冊必定要讀的書，但必讀未必即時讀，置於床頭，久而久之，必讀之書大增，而讀書的時間愈少，情形就是如此，窗台怎不負荷日重呢？直至最近，備課與酬酢減退，晚上坐在床上，與窗台對望，窗台上的書如見故人，似牽衣問話，逐一細敘別情。原來書並不一定要新鮮閱讀的，冷卻了一段日子，嘗舊也就多了一份因怠慢的負疚之情，別有一番纏綿之意。

一夜無話，讀至東方大白，窗台上的書，已有好幾冊被我飛快讀畢，而一些須細閱及深思的，也就被我精選而置於一明顯的角落，表示以王牌地位急切等待檢閱也。偶爾，這樣的讀書，也多多少少成為我最具個人特色的讀書實情，簡言之，也就是一種「忽然驚覺」或「靈感湧現」或「孤立無援」時的讀書法。這方法注定我讀書但求「一時之快」，而絕不能產生「一生之用」的功能。也許，什麼人就決定了他怎樣讀書，像這種讀書無成的人，你又怎能對他的讀書特色有所冀望呢？

2010-12-05

從前不大了了

有文友說，她在家中尋找某些急用的東西時，往往找到很多舊物，由舊物而浮起舊情，而引發舊記憶云云。舊物人人有，如同舊人，打開相簿，由舊人到舊生活、舊記憶，總可緬懷。但有時，這些舊人舊物，往往叫人傷懷，不忍牽動這些往事的人，一心將這些舊人舊物忘個乾淨，若未能棄之，也收藏在一個自己也早已忘記的地方去吧。

竊以為，清理舊物，不如清理舊書和舊讀書筆記為佳。近日連大學時的上課筆記也拿出來重溫，讀之叫人快樂：想不到當年上課，竟曾經寫下這樣的上課隨想錄：幼稚之中，不乏天真、孟浪與好勝。

還有一種東西，也就是昔日在專欄的輝煌時代寫下的小文章，輯成一疊一疊的置於櫃中，拿來重溫，也是很好的娛樂。至於閱讀舊書，讀到當年讀此書時寫下的眉批，叫人大笑不已，無他，這是一個人成長的流程，流程中的無知與狂妄、實可緬懷。舊書再閱讀。不難發覺自己從前所忽略的實在太多了，一言以蔽之，也就是如入寶山，空手而回那一種，奇怪，當年就是如此的愚昧，而且強不知以為知哩。

另一種舊物，也就是從前自己看過的電影。現在有緣重看影碟，發覺那不是「重溫」，而是真正的「第一次觀賞」，從前，根本沒看明白，不大了了是也。

2010-12-07

風繼續吹

跟舊同事茶敘，總有學院的「新政」傳入耳朵，聞之可能影響食慾。早傳大學的中文課程全面採用普通話教，不夠一兩個月，新政策卻是：中文課程，全用英語教！主事的講座教授為了統一思想，急急開一個茶敘，細說根由。一句話：大學國際化，要與世界接軌、欲收天下英才，英語教中文，乃唯一出路云云。

從海外禮聘返港的講座教授們、副校長們，正努力幹大事，銳意革新，說穿了，還不是「一朝天子一朝臣」，舊制度因新人的來臨，必然推倒重來。我可愛的舊同事們，有你們受的了，這是一個折騰的年代，世間上從未有過什麼安樂飯，更不要說什麼細水長流，幾年換一個時代，「新時代」意味着「新折騰」。你不能說人家「新時代」不是為大學教育着想，因為這種行政人，一心揚名聲、建功業，為的是我在此大學要確立我的存在價值，我得一顯身手，「成也蕭何，敗也蕭何」，我就是蕭何了。我告訴我可敬的舊同事們：世事從來如此，總是「發生」了什麼，也「事實」了什麼，我不詫異！風繼續吹而已，還請做好自己基本的學術研究，行有餘力，關心一下可憐無辜的學子吧，對於身邊吹起的風，則不必太着意，若亂了鬢髮，稍作梳理也罷。

2010-12-09

我的孫子「兵法」

孫子的媽媽送我一本「孫子兵法」。我當然明白，這本封面名為「孫子兵法」，其實內頁卻全是白紙——她是想我記下我的孫子在成長歲月中，有着什麼精彩的生活內容，顯現了他自己的一套獨特「兵法」吧？

且讀讀我記錄下的片段雋語，充分顯現孫子的急才，果有紋有路，且叫人忍俊不禁：（對話都是他的媽咪跟我的孫子。）

一

媽：Don't laugh at those who are fat. They will feel sad.

孫：Can I laugh at 公公?

二

孫子想打開一個盒……

媽：It's too tight, only 爸爸 can open it.

孫：And also 公公。

媽：Yes.

孫：And also 軒軒我，I am also a boy.

媽：But they are men, you are just a boy, a big boy.

孫：I am a small man！

小孫子已經三歲半了，他的雙語能力愈見進步，經常吱吱喳喳爭取話語權，偶爾語出驚人，以筆實錄，成為獨家「兵法」。

2010-12-11

這就是生活

二〇一〇年又近尾聲了。整個十二月，每天都有事做，日子好像都有依靠，但內心總想有兩三天，可以空空如也，沒事要做，讓自己整天發獃着就是。

人生是一個許諾，我們的每一天何嘗不是一個又一個的許諾？今天答應了去參加一個飯局，明天又趕赴一個什麼研討會，表面上生活很不寂寞，實際上，很覺得公式化，如同一個空空洞洞的人，來來往往，組成街道上的幢幢人影。

早上走過跨海隧道，下午竟又因另一事要走回來，然後又作第三次跨海，回家時則是第四次，時間在交通中消逝，人在車中，茫茫然走盡了一天，又是夜了。

見到可親的臉，那還會叫人心內暖一暖，如果見的是語言無味或臉如死灰的人，我又會想，何苦來了？人與人之間的往來，究為什麼？

今天有三個節目：早上送機，下午主持一個座談會，晚間有嗜吃的朋友嘯眾吃喝，早午晚三個節目，在一天內完成，可謂豐富多彩。回到家裡，打開生活日注，赫然發覺，今天的記，與上周某一天所記完全一般無二，只時地人的名詞改變而已。看，這就是生活嗎？

這些日子，連一些壞消息也叫人麻木：誰默默離世，誰發現患了不治症。今天有子侄輩喜宴，明天有老朋友仙遊，你還是微笑過日子，好像這一切都極平常，深深感激自己的生活如此平淡，是幾生修到的事。

2010-12-13

「處處求生」

朋友患了可怕的病，第一次聽到他得悉這壞消息時灑淚，聽了更叫我黯然。

每次有送朋友病情的消息，我都關心細問，總望有奇蹟出現，可以化險為夷。託朋友傳達了我的問候，自己就是不敢探病，怕見面時無話可說，反添哀傷。

近日時時跟自己說：平淡是福。自己身體上數不清的器官，一用六十年，誰能擔保所有器官都能永久耐用？人生沒有天長地久的身體，暫時沒病，理應天天感激。也不說誰比誰幸運了，我們每一個，都有既來之，則安之的豁達就是。

遙望天邊，去了的人還會少嗎？

還可以有快樂的日子，就得珍惜。朋友自己作了一個對子，可見他是參悟了這道理吧？他說：「時時等死，處處求生。」好一個既「等死」又「求生」的矛盾統一。我們則是一面求生，也一面等死。患病的朋友既說病是根治不了，則把「等死」置於前，而「求生」每刻去戰勝等死，而非一味等死，毫無作為！於是把「求生」置於後，可見是比我們更添加了一分積極的主動性了。

生命就是如此，看透了就沒什麼不忿之可言了。他創作的對子，既深明年壽有時而窮，且無端隨之，故有等待終結的襟懷，但處處求生又顯現我們在局限中努力活着，散發姿采。

2010-12-15

紅之品味

讀了兩本《神之水滴》，那是朋友兒子的消閒漫畫讀物，朋友偶爾提及，我索來一讀，讀後只覺得日本人熱愛現代文化——且能追上潮流，虛心加入自己的創意，把漫畫用於現代生活知識和生活品味上，別有情趣。相對而言，蔡志忠的漫畫只能在畫工上創作，對一些原文文本的理解（如莊子、老子的書）只能做了白話語譯，卻無個人有深度的消化且乏生活氣息，畢竟單調。

《神之水滴》有助於學習紅酒文化及品紅藝術，可說是大學校外課程的一科，你可以參加這類校外課程，學習紅酒，但能虛心翻閱《神之水滴》，且有所神會的話，你的紅酒品藝的修養，絕對有可驕人的水平。年紀大，喝酒再不如年輕時胡亂灌肚，特別是一些喝後會頭痛的酒，可以叫你不舒服一至兩天，白白浪費了生命，也浪費了吃喝的歡欣。一念及此，與陳任與孫述憲大哥、戴詩人等前輩聚喝的歲月，實在有無限的追憶，很奇怪，一些美好的東西總有消逝終結時，但新的美好又何來?像《神之水滴》漫畫內所細描的情節和氣氛，能曾經有過，已是不枉的了。

最早的三個淺喻，其實是比《神之水滴》早說了二十年哩:那是指三隻紅酒給你的印象，一是「村女娥眉」，一是「小家碧玉」，一是「大家閨秀」，呷紅酒品出三種不同美人的味道來，而且隱然有逐級推進的況味。但現在說來，已是太膚淺了。

2010-12-17

作品的呈現

朋友說，很多舊片都出了影碟，要買「正」貨，得網上訂購：二百英鎊可購得某心儀導演的一生作品。

且慢。我心儀的導演不是他每部作品都叫我心愛，要重溫舊作，我還是要經過篩選的，那標準就是：要有你喜愛的題材，特別是電影主題所探究的，是你最喜歡、最關注的內容。史丹尼寇比力克，《The Shining》（譯作「閃靈」）是我杯茶，《密碼一一四》才是我的至愛，就是這麼簡單。每個人都有他的偏愛，但作為大師，你偏愛他，因為他的作品中你偏愛的，不止於一二，卻絕非九十。

很難接受朋友的哲學：他說你愛一個人，得愛他的全部。你愛希治閣，每一部他執導的電影都愛，做不到。愛這個導演，就因為愛他拍的電影有這麼多我喜愛的作品，但不能愛屋就連帶愛屋頂上所有的烏鴉。親人、愛人，這樣做不難理解，人無完人，對於你所愛的人即使對方有弱點，你會包容、接受，以至容忍，但也不表示你會把缺點、弱點視為天經地義，奉為圭臬，捧到天上去。對於電影這一類文藝，如同其他文藝一樣，確然要看那一部作品，不要來偶像崇拜那一套吧。

我們目的是要購買心儀的作品，因為該作品的藝術魅力叫我感動；而作者本身，也必有感人的本質，但人是複雜的個體，有些作品會呈現了作者的另一面，而你未必認同。

2010-12-19

筆名的懷念

寫文章一旦署上自己的真姓名，那真是一種壓力：誰在讀着這段小文？一想及此，寫時就瀟灑不起來了。

文章，也就難免考慮到讀者，也考慮到人家怎樣看自己，十目所視，十手所指，其嚴乎？是的，報上撰文，已是有很多日子了，但佔了九成的文字，都是用筆名發表的，一個筆名給朋友認出後，就會在新的欄目下換上另一個名字，又可再徜徉於天地之間了。

常覺得寫專欄文章，除非是名作家或主筆，其實沒必要署上真姓名，如果說筆名欠賣座力，那也只是一段極短的時間。多寫了一段日子，筆名漸為讀者熟悉，倘文章寫得不賴，賣座力便跟着來了，那何必用真姓名？第一次在劉以鬯主編的副刊上寫專欄，用了筆名「林津」，倒避過了當年任教學校的追查，因為文章批評了校政、為無辜的學生還一個公道。

往後的筆名，層出不窮，連自己也記不清了。但不知何時，卻答應了老編，開始打正名號，以真名姓見人。一些長時間沒見面的朋友，多多少少也能從我的小專欄中讀到我心中所想，還有一些生活的片段，仿如我偶爾扮演了一個裝飾別人生活的點綴品吧，當然，你還在啊，報上一個平安，這也是我的福氣。

只是，筆名卻可以讓我在文章狂一點、放一點，或者，轉換角色，多點花樣，唉，打正名號，再難「扮嘢」了。

2010-12-21

人文評核

大學生學科評核，實不容易。左忠毅公評核史可法：只平日讀過他一篇文章，到考試日，史呈卷，左光斗即署第一。一篇文章，許是內裡有人生觀、家國民族世界觀、敬師愛民觀在吧？最終史可法果能繼承恩師遺志，這是中國古時大學生的評核概覽。時至二十世紀初，北大入學試的中文科試題可見評核一斑：孫行者，作下對。重點在「學」，而不在「人」，能懂聲韻、對偶，又認識古代名人，加上聰明與辨識，對得佳對，即成。

可見評核，貴精不貴多。但當前香港的公開考試，勞師動眾，像中學考卷考生動輒要花上兩三個小時考一科文學卷，寫到考生手也僵直了；然後評卷人則從一大堆教師中教以評卷之法，即以電腦化的人腦來閱卷，據說可以得到客觀評價云。

古代的「左光斗法」和近代的「陳寅恪法」，都是主觀的，今之評核，非排除個人主觀因素不可。對着今年度上學年學子的期終作品，最終下單給分，隨時面臨「我會殺錯良民嗎」的困惑。人文學科最容易做的評核是考學子能記得多少，考記憶的成績也就最客觀了；但考學子的創意與才華，以至思想，那就要命了，要命在於究竟何者高何者低呢。三十多篇小說，每篇的創作都具創意和特色，要分幾級不同的成績，真叫人啼笑皆非。我是編輯的話：每篇皆可刊登。

2010-12-23

追尋理想

學期最後的一課，播映了三十年前的一集電視劇《年輕人之一九七七》給同學觀賞，一方面回顧昔日用菲林片拍攝的新浪潮電視，一方面也讓同學明白：昔日的傳媒製作，仍可在黃金時段在電視播放探討年輕人理想的單元劇。

該劇編寫是舒琪、導演嚴浩、演員其中一個是我，我演的角色，是一個年輕時滿腔理想，然後大學畢業後，則變為一個只會為自己為家庭尋找安定生活的官員。我讀書時，四周的師友都是滿有使命的人，當年自己也暗自定下了生命的方向：生命以服務眾生為依歸，非我役人，乃役於人。

這部電視劇《一九七七》在今天看來，竟成自己的諷刺。我不知導演嚴浩後來怎樣服務人群，寫劇本的舒琪又可真能擺脫現實人生的「四子」主義（車子、妻子、兒子、屋子），對不起，我們是多多少少也妥協了，對赤裸裸無情的現實，我們能夠有幾多堅持呢？

幾天前看了蘇菲馬素主演的《穿梭少女夢》，一邊看一邊感觸良多，竟然還有人拍這個題材的電影！女強人忽然收到自己七歲時寫給成年人的自己，細訴往昔的夢，提醒自己：一生對於個人追求的理想，切勿離棄，使之實踐！這樣的故事如同在說理，對於今天愈來愈現實、愈來愈戀棧物質生活的人來說，不會是他們愛聽的吧？

2010-12-25

理想原是夢

誰不曾追尋過理想？為什麼人一旦到社會做事一段日子之後，就與昔日的理想劃清界線，從此走上不同的路？現實的殘酷，果殘酷至此？

偶爾，也聽到一些空谷足音：一些人為了災民、為了山區同胞的窮困，他們變賣家財，隻身走在他們的生活之中，作出無償的奉獻，這是他們選擇的理想！用他們的生命貫徹自己人生的路向，然而，更多更多的人，連一些小小的夢想也忘記了，不說「大我」，是「小我」也不存在了。

《穿梭少女夢》的蘇菲，是社會上成功的追名逐利的女強人，她憶及少女的夢想，猛然回首，看到自己今天的成就所同時帶來的冷酷和不快樂，她質疑自己的人生價值，是否如此這般就是最好了，她不甘，她終於決定要圓自己的夢，做一些於世界有益的事，而不再為一己的物質生活而耗盡一生。

回顧三十年前的電視劇《年輕人之一九七七》：一個人眼睛裡面單單只存在着車子與房子，而照顧的人也只有妻子和兒子，那不是太自私了嗎？

不過，這類題材，還有誰人願意探討？人不為己，天誅地滅。這話沒錯，但，人，是不是只能為己，而不能也為人着想一下嗎？從一九七七年到今天，已是三十三年人，我們看到的社會，能多一點為大眾着想的人，顯然是愈來愈少了，理想永遠只是夢。

2010-12-27

遊戲規則

所謂學界的活躍分子，不過是懂得「泊碼頭」，認上了一個關係網絡，自己熱心，別人接受，成為人家班底之一。

於是，便能夠活躍起來。

泊不上一個碼頭，一個人，只能是孤獨的教書人，研討會沒你參加的份兒，發表論文的園地，無人引薦，不要指望有緣刊載。

聽學院中的一些人說，大學一樣是殘酷的地方，派系和班底，不比其他行業弱，打好關係，建立網絡，你的教授職位，方能扶搖直上。

也因此，你在學術刊物上讀到的研究論文，也很難讀到怎樣的創意。不妨做點分析，將某個派系、某個班底的學術文章，做一個關於研究的研究，你可能有所發現，系列中人連研究也甚為相似，觀點方法接近，有時連研究的內容與結論，亦同出一轍。雖云師承某祖師，難免各得恩師箇中精髓，但連「血型」也一樣，就不免叫人嘆息：網絡、系列、班底已匯成一派，在這一派的牢牢「團結」下，已再難有創新的「叛徒」出現了。

誰是學界的獨行俠？既不入別人的閣，也不收編自己的弟子，難矣哉。踽踽獨行的人注定寂寞，而且隨時在當權派的利益分配下備受剝削與犧牲。都屬於遊戲規則！也是遊戲章程！任何行業，入行前先熟讀章程，進入後謹守崗位、毋忘規則。

2010-12-29

再讀《辛笛傳》

得多謝王璞，在辛笛女兒來港時搖電告知我這個消息，使我們三人得以在港見面聚聚，也讓我可以再次緬懷我深愛的詩人辛笛。

詩人女兒王聖思，去年送我一本《辛笛傳》，書名《智慧是用水寫成的》，這是辛笛詩的名句。聖思用這句詩作書名，最好不過了。

這本《辛笛傳》，又是辛笛詩的大全，最難得的還是，聖思將父親的生活和每一首詩連結起來追述，一面讀辛笛畢生事跡，一面有詩為證！深化了生活的內容，也剖視了詩的人生脈搏，叫我強烈地感到，詩就是辛笛的血液，流在身體內、生命中，詩人與詩，合二為一，無分彼此矣。

再說，辛笛成長的歲月，正正是我們最欠缺了解的一段中國歷史，今日再次翻開《辛笛傳》，一些生活的吉光片羽，在在透視了當年中國社會的實情，情形就有如一個人寫了日記，從中可窺當時情景一二。當然，這裡並沒有豐富的細節，但卻有辛笛個人真實的喜怒哀樂，辛笛用新詩或用舊詩，委婉地寫出個人實感，這是可貴的心聲啊。詩的力量真大——語言含蓄，卻能寄寓心靈，永遠留下了心跡，誰說春夢了無痕？

在漫長的抗日歲月中，辛笛也暗中保護了不少文人，誰能說百無一用是書生？

2010-12-31

本創文學 87

應享人間不盡情

作　　者：黃子程
責任編輯：黎漢傑
封面設計：Gin
內文排版：多　馬
法律顧問：陳煦堂　律師

出　　版：初文出版社有限公司
電郵：manuscriptpublish@gmail.com

印　　刷：陽光印刷製本廠

發　　行：香港聯合書刊物流有限公司
香港新界荃灣德士古道 220-248 號
荃灣工業中心 16 樓
電話 (852) 2150-2100　傳真 (852) 2407-3062

臺灣總經銷：貿騰發賣股份有限公司
電話：886-2-82275988　傳真：886-2-82275989
網址：www.namode.com

新加坡總經銷：新文潮出版社私人有限公司
地址：71 Geylang Lorong 23, WPS618 (Level 6),
Singapore 388386
電話：(+65) 8896 1946　電郵：contact@trendlitstore.com

版　　次：2023 年 10 月初版
國際書號：978-988-70075-6-2
定　　價：港幣 98 元　新臺幣 360 元

Published and printed
in Hong Kong

香港印刷及出版

香港藝術發展局
Hong Kong Arts Development Council 資助
香港藝術發展局全力支持藝術表達自由，
本計劃內容並不反映本局意見。